HOJAS DE LA
NOCHE

COLECCIÓN LITERARIA LyC (LEER y CREAR)
con propuestas para el acercamiento a la literatura.*
Directora: Prof. HERMINIA PETRUZZI

***Los nombres entre paréntesis y en bastardilla remiten a los docentes que tuvieron a su cargo la Introducción, notas y Propuestas de Trabajo que acompañan cada obra de la Colección Literaria LyC. En el caso de las antologías el trabajo incluye también la selección de textos.

EDUARDO MUSLIP

HOJAS DE LA NOCHE

EDICIONES COLIHUE

Póslogo, notas y propuestas de trabajo:
Prof. JORGE WARLEY

Diseño de tapa: Guido E. Dematti

I.S.B.N. 950-581-127-6

© Ediciones Colihue S.R.L.
Av. Díaz Vélez 5125
(1405) Buenos Aires - Argentina

CONCURSO ANUAL COLIHUE
DE NOVELA JUVENIL 1995

El jurado

- La Directora de la Colección Literaria LyC (Leer y Crear), profesora HERMINIA L. PETRUZZI, y los escritores:
- GRACIELA CABAL
- MIGUEL ESPEJO
- SYLVIA LAGO y
- MARÍA ESTHER DE MIGUEL.

Un concurso con buenas historias y algo más

El Concurso Anual Colihue de Novela Juvenil 1995 deparó algunas agradables sorpresas. En primer lugar, la cantidad de participantes. Fueron noventa y ocho los escritores que presentaron sus obras para que fueran evaluadas por un jurado que estuvo integrado por los escritores María Esther de Miguel, Graciela Cabal y Miguel Espejo, la crítica y escritora uruguaya Sylvia Lago y la responsable de la colección literaria LyC (Leer y Crear) de esta editorial, profesora Herminia Petruzzi de Díaz.

La otra sorpresa estuvo relacionada con la calidad de los textos. De alguna manera, esta edición 1995 se proponía objetivos nuevos. *No se trata de negar lo anterior, claro, pero nos interesaba que las obras que se presentaran abrieran un poco el marco estético, a veces muy tradicional, desde el que se suele pensar a la novela juvenil; hacia allí quisimos orientar el concurso a través de sus bases* —observa Petruzzi—. *Los resultados, frutos de la casualidad o de la magia, quién puede saberlo, nos pusieron muy contentos porque se adaptaron casi perfectamente a esa demanda novedosa.*

Si se tienen en cuenta ciertos temas comunes que se orientan en función de reflexionar sobre el pasado más crudo y reciente de los argentinos, más las ambiciones formales que mostró el centenar de novelas, uno casi debería atreverse a hablar de la "madura juventud" que los autores imaginaron del lado de los lectores. La misma madurez que, del lado de los escritores, no está peleada con el entusiasmo, lo imprevisible y las urgencias expresivas.

Con respecto a los criterios puestos en juego a la hora de la selección, Graciela Cabal, una de las jurados, sostiene: *Lo que me importa de un texto es que cuente una buena historia, pero que la cuente tan bien como para que yo pueda ir deslizándome por las palabras con placer. Aunque ¡atención!, que no hay que confundir placer con facilidad. Cuando hablo de placer incluyo el sobresalto, la resistencia que me presenta la narración, el desconcierto...*

Por su parte, Sylvia Lago agrega: *observé en la temática general y el desarrollo ficcional una tendencia a expresar el mundo tal como lo perciben los jóvenes de hoy; no hay máscaras ni simulacros, hay un propósito de presentar la realidad tal como es, y de que la literatura se manifieste en sus facetas más auténticas. Como diría el poeta uruguayo Washington Benavídez, "generosa y terrible como la vida".*

Lo bueno del concurso —sintetiza Cabal— *es que da la posibilidad de consolidar una colección que, por otro lado, se muestra más abierta cada vez: nuevas problemáticas, temas conflictivos, experimentos verbales... Bien, bien, bien.*

Como muestra de las anteriores afirmaciones quedan las tres novelas premiadas, para que el lector pueda juzgarlas. *¿Curiosa-*

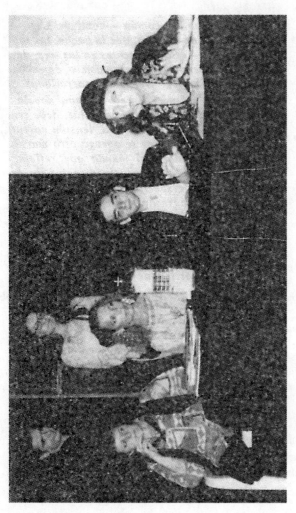

*Los ganadores del Concurso Colihue de Novela Juvenil 1995: Eduardo Muslip,
Alicia Barberis y Graciela Ballesteros con la escritora Graciela Cabal. De pie dos de los
concursantes que recibieron menciones: Raquel Prestigiacomo y Leopoldo Brizuela.*

mente? los títulos de las tres aluden al lado oscuro (con perdón de Jung y de Eliseo Subiela) de las cosas —enfatiza Cabal—. *Hay resonancias que convergen, aunque se trata de oscuridades muy diferentes entre sí. Tienen en común* —continúa Lago—, *en primer lugar, que están bien escritas, que la noche, las sombras —lo oscuro, lo nocturnal— están presentes en las tres, desde el título. Y lo están como escenario, como atmósfera, como símbolo para expresar las inquietantes vivencias desarrolladas.*

A mi juicio —observa Miguel Espejo—, *una novela para jóvenes que concursa junto a otras cien novelas, debe tener el mérito de saber aunar eficacia argumental, tensión narrativa y calidad estilística. A estos factores se agrega otro mucho más indeterminado: la originalidad del mundo que refleja. Hay variadas formas de comprender y traducir lo real, pero cuando se intenta hacerlo desde la perspectiva conflictiva de un adolescente que se prepara para ingresar al mundo de los adultos, el desafío es mayor.* Y concluye: Hojas de la noche *ha logrado sortear con destreza todas estas dificultades y ha merecido un justo primer premio que no hace sino subrayar la excelencia de la novela. En ella se encuentra presente el desconcierto de la juventud ante un mundo hostil, que la ensalza a través de su máquina publicitaria, pero que en los hechos la condena a la marginación, al aislamiento y a la desesperanza. Estamos ante un texto lúcido que fue capaz de indagar creativamente sobre estos conflictos.*

A María Esther de Miguel la consultamos en el fárrago de sus primeros días de novelista Premio Planeta 1996 y nos dijo: ¿Hojas de la noche? *Sí, lo que me sorprendió —más sorprendida todavía cuando me enteré de la edad del autor— fue la maestría con que maneja una estructura intimista como es la del diario personal para desvelar una realidad que no es sólo la del protagonista sino de toda la sociedad en la que se mueve. Me parece saludable y estimulante que una ficción atractiva y bien escrita ponga frente a los chicos este mundo conflictivo pero muy real.*

Graciela Cabal prefirió ser más breve: *Cuando terminé de leer*

Hojas de la noche me tiré para atrás en la silla, me reí un rato (yo siempre me río cuando algo me gusta mucho), y después grité: ¡Iuju! ¡Acá hay un escritor de verdad!

El autor

El "escritor de verdad" se llama Eduardo Muslip y el lector se topará con él en la página que sigue.

Antes, como para que se vaya preparando, puede adelantarse que Muslip nació hace treinta y un años, en mayo de 1965. Es licenciado en Letras, y se desempeña como profesor de lengua y literatura en el nivel secundario y de semiología y análisis del discurso en el universitario.

Hojas de la noche es su primera novela publicada, si bien escribe desde hace unos años y no dentro de los límites de un único género: su cuento "Arácnido en tu pelo" obtuvo en 1995 el primer premio del concurso de narrativa organizado por la revista *V de Vian*.

A Eduardo le cuesta hablar sobre su literatura porque *para mí siempre ha sido un ejercicio solitario. Del que disfruto mucho, claro, pero, como creo que suele suceder, a uno le cuesta mucho hablar de aquello que verdaderamente le gusta, ¿para qué habría que andar dando razones o buscando causas y explicaciones de aquellas cosas que, en definitiva, hablan por sí mismas?*

Con respecto a *Hojas de la noche*, su novela premiada, Eduardo sostiene que *sin duda hay un aspecto autobiográfico en ella, pero se trata de algo que tiene que ver más bien con un corte generacional. Es decir social, que está vinculado con un tipo de consumo cultural, cierto particular segmento de la historia patria, un modo más o menos común de "enfrentar" el drama de la familia y el colegio secundario, y muchos etcéteras. En todo caso, digamos que si en algo nos parecemos el personaje de* Hojas de la noche *y yo es que a los dos nos gusta escribir de noche o cuando estamos solos, y que, ante las dificultades en nuestra*

11

relación con quienes nos rodean, oscilamos entre el desconcierto, la irritación y la ironía...

Para terminar, les contamos que, además de seguir adentrándose en los territorios de la ficción, en la actualidad Muslip trabaja en un tomo sobre el género espistolar que aparecerá en esta editorial y en una biografía sobre Leopoldo Lugones.

Ahora, a leer.

Eduardo Muslip. (FOTO: MALE SIMONI.)

La Directora de la Colección Literaria LyC, Prof. Herminia Petruzzi, con Eduardo Muslip en el acto de presentación de los ganadores del Concurso Colihue de Novela Juvenil 1995, en la XXII Feria del Libro de Buenos Aires.

HOJAS DE LA NOCHE

1 de septiembre

Qué horror el lugar donde vivo. Acabo de entrar y cruzarme con la vieja del B. La saludé amablemente. Estoy harto de saludar amablemente a todas las viejas del edificio. Este lugar parece un geriátrico: son todos viejos, viejísimos. Nadie tiene menos de cincuenta años. Para colmo, siempre hay dos o más fuera de sus departamentos. Es inevitable cruzarse con alguno. Mejor dicho, con alguna: la gran mayoría son mujeres, y viudas, o solteras. Hay por lo menos dos que, según escuché, tienen el marido postrado, por lo que sólo las mujeres son visibles. En el B, al lado de mi casa, hay dos viejas con mil años cada una. Escuché a una de ellas haciéndole a mi madre un tétrico relato de los problemas de su hermana: paralítica, un poco ciega y muy sorda. Además, a veces, cuando la paralítica necesita ir al baño, no hace a tiempo —no hacen a tiempo: la otra debe ayudarla— y ensucian el living, o el dormitorio, o todo. Todos, además, conocen mi nombre, y me lo dicen en diminutivo. A mi hermana también se lo dicen en diminutivo: "Laurita, cómo estás, mi vida", y a ella eso la irrita más que a mí. Yo antes decía, a veces, "Bien ¿y usted?", o algo por el estilo, pero más de una vez ese tipo de respuestas les dio pie para hablar de sus viejas o nuevas deficiencias, así que ahora digo "Bien, hasta luego", mientras camino con rapidez. Lo más terrible ocurre cuando se arreglan para salir: aparecen envueltas en talco y spray para el pelo, y dejan los pasillos con un olor horripilante. Me arruinan la vida. No puede ser que el destino me haya puesto en este edificio.

El otro día vi una película sobre un chico de diecisiete años que vivía en Nueva York, casi solo: la madre trabajaba todo el día, y los fines se semana se iba con algún novio a alguna parte. Además, era alcohólica. Y tomaba fuertes dosis de somníferos. El chico usaba buzos gastados enormes que tenían en grandes letras el nombre de algún equipo de béisbol. Se hacía amigo de un vecino que era un escritor de televisión o teatro más o menos joven, de unos veintisiete años. Además, al lado vivía una actriz, de veinticuatro o veinticinco años, no de Nueva York sino de algún pueblo del interior, de Minnessota o Tennessee, con un bebé; ella era lindísima. Era raro no verla apurada; siempre que salía de la casa se terminaba de acomodar un zapato en el pasillo, mientras se ponía el tapado. Era madre soltera, y cada tanto aparecía en el departamento del chico arregladísima y con el bebé para que yo, mejor dicho, el protagonista, se lo cuidara, porque tenía una audición. Generalmente volvía deprimida y cansada, y yo, perdón, el protagonista, le devolvía al chico, que no me había dado mucho trabajo. A veces la invitaba a comer, cuando mi madre no estaba, lo cual era, como decía, lo más frecuente. Terminábamos emborrachándonos con las bebidas que sacábamos del lugar donde mi madre las escondía, y entonces yo me acercaba a la chica y la besaba y ella hacía gestos ebrios y no muy convincentes de rechazo —en realidad me deseaba— y hacíamos el amor. Rato después, vacilante, se acomodaba algo la ropa, agarraba el tapado y los zapatos —no se los ponía— y volvía a su apartamento; a veces se quedaba dormida en mi comedor. Pero entre nosotros no podía pasar nada serio: yo era demasiado joven, y ella deliraba por un neoyorquino próspero e intolerablemente apuesto, que la visitaba muy cada tanto. Él parecía un yuppie. Me lo crucé una vez: muy alto, ropa carísima, maletín. Yo también, a veces, ayudaba al escritor con algún texto, daba opiniones ligeras pero acertadas. En el edificio vivía también un tipo con aspecto de rufián pero simpático, que deseaba a la actriz pero no podía esperar nada de ella; sin embargo, una vez la ayudó a echar a un ex novio que había vuelto a buscarla desde su pueblo de Minnessotta, o Tennessee, o Mississippi —me encantan las palabras inglesas en que se repiten las letras—. Pero nada de eso es posible en el deprimente edificio de mis padres. Mi vida sería tan diferente en otro lugar, en otra ciudad, con otra gente.

4 de septiembre

Salí de mi casa a las dos de la mañana. Caminé por la avenida desolada; apenas me crucé una o dos personas por cuadra, o ninguna. Es rara la gente a esta hora: figuras huidizas, siempre solitarias; todos caminan con rapidez, como escapando de algo, o con urgencia por llegar a destino. A veces me gusta el silencio; hoy preferí llevar el walkman. Buenos Aires se ve tan susceptible: los edificios parecen hostiles, la gente temerosa. Los dueños de la ciudad son, a esa hora, los policías y los mendigos; los autos pasan con rapidez; la oscuridad hace que uno no pueda ver a los conductores; no sería increíble pensar que circulan por sí mismos, vacíos, veloces pero sin dirección ni sentido, como las imágenes de videojuegos antes de que uno ponga la ficha y empiecen a seguir nuestras órdenes. La ciudad no tiene sus brazos abiertos, nos expulsa; su imagen es exactamente lo opuesto a la felicidad luminosa de una tarjeta postal, o sí, está con los brazos abiertos pero no como una invitación a acercarse sino justamente como señal de que no desea retenernos. Es sin duda más apropiado, como imagen de la ciudad, pensar en alguien con los puños cerrados, apretados, que con una actitud de distensión. Las entradas de los viejos edificios son como pozos negros; uno siente que, si entrara, podría llegar a desaparecer sin dejar rastros.

Yo caminaba, tal vez no demasiado rápido, y sentía que flotaba, que volaba por sobre las calles oscuras: los hombres alados prefieren la noche. Me gusta saber que es imposible que me cruce nadie conocido. Soy un fantasma, un ser sin cuerpo sólo sensible a la música y a la oscuridad. Sé que no puedo encontrar a nadie conocido, y disfruto con eso, pero a veces también sueño que encuentro a la persona que está esperando por mí, la única persona en el universo que me puede comprender y amar. Oh, Natalia. Nos encontraríamos en la esquina más oscura; sólo estarías iluminada por tu propia luz. Me sonreirías, nos besaríamos. Quiero ser el único que te muerda la boca, quiero saber que la vida contigo no va a terminar. Todos los días te veo sentada en el aula, siempre lejos, en diagonal a mí, y me parece casi imposible que no registres que no hago otra cosa que pensar en vos. A veces mirás distraídamente hacia la zona donde estoy yo y tu mirada pasa casi a través de mí, no como si yo fuera una molestia sino simplemente como si no existiera. Sin embargo, a veces, cuando hablamos, siento que me mirás de un modo raro, pero no sé qué pensás. Qué ves en mí, qué ves cuando me ves. Ves una mentira, y esa mentira es tu verdad, y mi verdad queda oculta, muere sin hacer señas ni hacer ruido. Vos sólo te fijás en chicos totalmente diferentes de mí: Federico, ese aparato de gimnasio alto, engreído y tonto. Las pesas del gimnasio son más inteligentes que él, y, sin embargo, bueno, en fin. O el estúpido profesor de Literatura. O cualquiera. La odio.

Acabo de cambiar el mes del almanaque; todavía estaba agosto. La pintura de septiembre no me gusta para nada; la de agosto, en realidad, era más apropiada para como me siento: un paisaje tristísimo, colores oscuros, apagados.

No lo puedo creer qué tarde que es. Mañana en el colegio voy a estar durmiéndome en los rincones. Y las materias que tengo que soportar. Física, oh, no, Física, no leí nada. Educación Cívica: ahí sí que no voy a soportar el sueño, mi cabeza se va a precipitar fulminada sobre el banco.

5 de septiembre

Otra vez encontré a la vieja del B. Siempre, siempre que salgo la encuentro caminando con sus muletas por el largo pasillo.

Había desaparecido por un tiempo, la habían operado de las caderas o de las rodillas o de las columnas o de todo junto. Ahora, desde hace unos días, usa el pasillo para practicar, "rehabilitarse". No se cuándo habrá estado habilitada para algo más que para molestar y afear su entorno. Qué mujer horripilante. Claro, el pasillo es ideal para que practique: largo, muy largo, recto, sin escalones. Pero también es angosto, y superarla es un problema; hay que cuidarse de no patearle las muletas. Me enferma verla siempre ahí. Siempre, siempre que salgo la encuentro. Parece que la vieja protestó porque la mudanza en el tercero llevaba demasiado tiempo y ella debió suspender sus caminatas, que siempre eran por la mañana, a la hora en que desfilaban por el pasillo mesas, muebles y otros. Me imagino la vieja en medio del pasillo tratando de apurarse (misión imposible) seguida de cerca por un enorme modular.

La dueña le dijo a mi vieja que el departamento lo alquiló a "un matrimonio grande".

Pusieron una pizzería a dos cuadras de acá, y querían estar cerca.

Más viejos en el edificio. En fin. No hay esperanzas.

6 de septiembre

No lo puedo creer: anoche casi no dormí. Vi en cable una película de terror malísima, de lo peor. Estoy acostumbrado a ver ese tipo de películas; no puedo creer el efecto que ésta me produjo. Caía una nave extraterrestre en alguna parte, cerca de un pueblo insignificante de Estados Unidos. Una noche, sale un grupo de chicos y chicas, se aleja hacia las afueras, hacia una especie de bosque: el grupo se dispersa en parejas que corren de la mano en dirección a lugares en los que no podrían ser observados. Una de las parejas empieza a apretar en medio de la espesura, los dos se sacan con rapidez y torpeza la ropa; entonces un monstruo informe cae sobre ellos y se los come, los gritos de horror de la chica y el intento de defensa del chico son, claro, totalmente inútiles. Se escuchan los sonidos de la extraña criatura, arf, arf, al masticarlos. Después pasa algo similar con otra pareja, y la criatura desaparece. Al otro día, el descubrimiento de las víctimas: quedan retazos de ropa y de los cuerpos, no fueron comidos del todo. Nunca se enfoca completamente al devorador extraterrestre, pero se nota que con el correr de los días y de las víctimas va creciendo, se alimenta sin duda muy bien: tal vez, si lo viera un extraterrestre de la misma especie, lo vería gordo. Pero claro, ante los ojos humanos eso es realmente secundario, cómo saber si un extraterrestre está gordo o flaco. Después, en una casa tipo quinta, un chico juega con un perro, éste se pone nervioso y corre hacia el bosque, el chico lo llama: "Brian, Brian", o algo así; se escuchan ruidos, primero ladridos enérgicos y luego quejidos lastimeros del perro, arf, arf, el chico va hacia el bosque, llorando llama a su mascota. Se encuentra frente a algo: "¿quién eres tú?" Arf, arf. Después el bicho sigue haciendo estropicios, y, en un momento, se come un grupo de picnic completo. La gente reacciona, un médico descubre un modo de aniquilarlo, y el bicho muere. Pero al final, se ve una forma orgánica que late en un rincón del bosque: la gente no lo sabe y festeja, el peligro continúa, la película termina y yo no puedo dormir.

7 de septiembre

El otro día nos reunimos para ver el video del viaje. Se me hizo aburridísimo. Aparte, yo aparecí muy poco. Y no me gustó mucho cómo salí. Los que más tiempo estuvieron frente a la cámara fueron los coordinadores, después Natalia y Federico. Yo tenía curiosidad por verme, pero siempre fui tomado fuera de foco, o muy de lejos, o medio tapado por alguien. La mayoría estaba entusiasmadísima con la filmación. No parecía ser el caso de Natalia: se observaba a sí misma una y otra vez en la pantalla, y apenas sonreía. Era como si fuera una modelo top un tanto cansada de verse acosada y reproducida por cientos de cámaras. Las imágenes de Natalia bailando, Natalia despertando, Natalia bostezando, Natalia haciendo gestos de "no quiero salir, no quiero salir", etcétera, se mezclaban con chicos en el piso con otros chicos que se tiraban encima formando volúmenes más grandes por la cantidad de ropa que llevaba cada uno que por el tamaño de los cuerpos. Uno de los coordinadores filmaba, y tuve que soportar sus comentarios estúpidos acompañando las imágenes. En un momento Natalia apareció arrastrada en la nieve por Federico; a mi alrededor, todos reían y aullaban ante la escena. Natalia hizo un gesto como de desagrado, pero me pareció que no le desagradaba en lo más mínimo. Lo peor fue lo filmado en las discos: no se veía nada; éramos un conjunto de fantasmas que se mezclaba con otros fantasmas.

Lamenté que no quedara registro de algunos momentos buenos; por ejemplo, cuando Damián, Gregorio —que no es tan tonto como parece—, Mariana y yo, muertos de frío, fuimos a una especie de cabaña hipercalefaccionada, y tomamos chocolate y unas bebidas alcohólicas irreconocibles; repentinamente me sentí muy bien, y quise muchísimo a todos los que estaban ahí. Me dieron ganas de abrazarlos; en un momento, Mariana hizo un chiste simpático, y me reí mucho, le pasé el brazo por los hombros y le di un beso en la cabeza. Ella pareció toda conmovida. Yo tendría que haber ido escribiendo lo que fue pasando, ahora siento que me olvido cosas, aunque pasó tan poco tiempo.

Damián llegó tarde, vestido como si estuviera a punto de filmar un video, con una combinación de colores totalmente caótica pero a la vez totalmente premeditada. Lástima que por ahora no sólo no filma ningún video sino que su música apenas si la escuchamos cuatro o cinco; para peor, la cantante de su grupo acaba de borrarse y está desolado.

—No sé para qué vine.

Yo le dije que tampoco sabía para qué había ido, pero las imágenes de Natalia me hacían sentir que estaba mintiendo. A los pocos minutos, me dijo que fuéramos a comer algo al McDonald's; acepté inmediatamente, agradecido porque alguien me diera el empujón que me alejaba definitivamente de la casa de Gregorio.

23

10 de septiembre

Este fin de semana no salí de mi casa, además, se me pasó rapidísimo. Mañana otra vez levantarme temprano, qué odio. Agarré una novela de la biblioteca, es larguísima pero me falta poco para terminarla. Lo que me molesta es no tener con quién hablar de lo que leo. El otro día le dije al de Literatura que estaba leyendo una novela de Tolstoi, me dijo ajá, oh, qué bien, y cambió de tema. Qué tipo. Me hizo sentir como un chico de tres años que dice que se tiró del tobogán más alto, al que le contestan oh, qué valiente, con gesto artificial de admiración, siguiéndole la corriente y olvidándose enseguida de lo escuchado. Me pregunto si alguien leerá hoy esas novelas que duermen en la biblioteca de mi casa desde no sé cuándo, son de una colección que mi viejo fue comprando hace como veinte años, y que en mi casa nunca nadie leyó. Me encantan, son francesas, rusas, portuguesas, fueron escritas más o menos en el siglo pasado, y me resultan mucho más fáciles de leer que las latinoamericanas que nos dan en el colegio, qué pesado Vargas Llosa, cómo me cuesta terminar *La ciudad y los perros*, qué novela densa, hasta parece mal escrita. Todo el tiempo me imagino caminando por calles rusas, o francesas, o inglesas, quiero irme de acá. Aunque esas ciudades ya no existen, qué tristeza, hoy esos lugares —Londres, París, etcétera— deben ser irreconocibles para un personaje de las novelas que leo. Pero igual a veces cierro el libro y salgo a la calle y soy uno cualquiera de esos personajes, me imagino que Madame de no sé qué está enamorada de mí —soy el maestro de sus hijos, les enseño en su mansión— y que romperá las normas sociales por nuestro amor, o que estoy en la Ópera y soy observado desde un palco lejano por una mujer bellísima, una cortesana disoluta —me encanta la palabra "disoluta"— que en realidad nunca se había enamorado realmente. Qué soledad. Nadie me comprende. El otro día estaba extendido en el sofá del fondo del living, inmóvil, pensando en mundos mejores, rodeado de pape-

les: las hojas de ejercicios de Física, qué horror, los libros de
Práctica Contable, la novela que estaba leyendo. Mi madre
atendió un llamado para mí, ella recién llegaba, no me había
visto; escuché que le preguntaba a mi hermana por mí. Laura —
sabía que yo estaba escuchando— le dijo que había que buscar,
que tal vez yo me hubiera traspapelado. En realidad, me gustaría
traspapelarme y perderme. Sólo espero que, si pudiera llegara a
desaparecer entre papeles, me dieran a elegir entre cuáles, no
quisiera que eso sucediera entre las cosas de Física, por ejemplo.

14 de septiembre

Conocí a los del tercero. Estaba tratando de estudiar algo —
qué espanto Física, qué asco de materia—, tocan el timbre y tuve
que atender. Me imaginé que sería la de las muletas, pero apareció
una pareja de más o menos la edad de mis viejos, y una chica de
alrededor de diecisiete años, como yo, casi totalmente rapada y
con cara de estar en una situación aburrida. Querían preguntarle
no sé qué a mi vieja. A la mujer, a pesar de tener como cuarenta
o cincuenta años, se la veía muy bien: flaca, bien vestida. Me hizo
acordar un poco a la vicerrectora. El marido era también flaco y
alto. Qué diferencia con mis viejos. Pero bueno, en fin. Lo que me
disgustó es que me hablara con cara de estar frente a un chico de
trece o quince. Me preguntó la edad, supuse que se sorprendería
cuando le dijera diecisiete, pero puso cara de nada.

Qué linda la chica. Me encantó. No decía nada, intuí que tenía
alguna impaciencia por irse, y trataba de no demostrarla. Aunque
sentí, en un momento, que me miró con alguna atención, y, por
su cara, creo que no salí muy bien del examen. Para colmo, yo
estaba con el estúpido buzo rojo con capucha. Cómo no tenía
puesto el negro. En fin. Pero alguna vez puede llegar a darse
cuenta de quién soy yo, y entonces todo cambiará. Uno de los días
de lluvia en que yo salgo a caminar, para pensar, la encontraré en

una de las esquinas más desoladas de mi barrio. Empezaremos una conversación general, liviana pero inteligente; ella estará un poco triste quién sabe por qué causa. Me parece verla: el agua corre por su rostro; su imagen me conmueve y desvío la mirada. Entonces escucho que me invita a su casa —para ver videos, dirá—, a ella sin duda le gusta Cerati y tiene grabados todos los clips. Ese domingo sus padres habrán tenido que salir y está sola, haremos el amor lenta, frenética, interminablemente, iluminados solamente por la luz del televisor, mientras escuchamos los truenos y la lluvia que golpea las cerradas ventanas.

Después no pude seguir estudiando. Llamé a Damián. Creo que no me registró demasiado: cuando le conté algo acerca del aspecto de la chica, dijo "ah", y comentó que en su edificio había dos así y que él se había hecho esperanzas, pero que no pasó nada, una vez habló con una de ellas y casi se muere de la emoción cuando se enteró que cantaba, pero parece que le gustaban los melódicos tipo Luis Miguel, y que estaba en una banda de blues. Lo comprendí, es un horror, claro, qué se podía esperar de alguien a quien le gustan los blues y la música melódica. Pero Damián no tiene derecho a prejuzgar a la mía.

Mañana, ir otra vez al colegio. No quiero ir más. Qué horror la secuencia de los jueves: Física, Química, Educación Cívica. Educación Cívica podría zafar pero justo este año nos tenía que tocar ese abogado insoportable. Bueno.

Qué vida. No aguanto más. Cuándo cumpliré los dieciocho. Es como comentábamos con Damián: tendremos mucha más independencia; aunque en principio sigamos viviendo con nuestros viejos, no será lo mismo. Bueno, de entrada, vamos a dejar atrás el colegio. Damián cumple años en diciembre, con lo que va a terminar el secundario y tener dieciocho y despedir el año casi al mismo tiempo. Va a ser, para él, muy fuerte. A mí me faltan unos meses más para los dieciocho, y, encima, seguro que arrastro a marzo Física o Matemática o Contabilidad o alguna materia de mierda por el estilo. Quiero terminar ya, ya.

15 de septiembre

Me quedé con mi hermana viendo una película de terror malísima. Aburridísima. Después de veinte minutos no había pasado nada, el monstruo apenas había comido un cazador. Además, ni siquiera enfocaron al bicho. La cámara fue tomando la imagen del cazador frente a eso, apunta y dispara: totalmente inútil. Intenta correr, corre, se tropieza, cae. Le apunta de nuevo. "¿Por qué no mueres?" Bang, bang. El monstruo se lo come, con escopeta y todo. Vi otras muertes de cazadores mucho más interesantes. Me aburrí tanto que me fui a estudiar; le pedí a mi hermana que me llamara cuando pasara algo. Apenas me interrumpió dos veces; corrí a ver, ella rebobinó, y no valió la pena: el monstruo mató una chica pero apenas hubo sangre, la cámara se movía tanto que no se veía nada. Le reproché a Laura que me llamara para ver eso, ella se enojó y me dijo, con razón, que no tenía la culpa de que la película fuera mala. La tercera muerte estuvo un poco mejor, pero no tanto. Menos mal que no la vi toda. A lo mejor estoy perdiendo la sensibilidad a ese tipo de películas. Pero hace poco vi la primera de las películas de Freddy, que yo no había visto, es muy vieja, de hace como siete años, y me pareció bárbara. Claro, es casi un clásico.

Me encantaría filmar una película de terror. Me encanta el cine, veo mucho, pero creo que lo único que querría filmar es una de terror. Hace poco vi unas argentinas de ese tipo malísimas, pero divertidas de tan malas, creo que lo hicieron a propósito. Sobre todo una de ellas es como un juego con las típicas escenas de esa clase de cine; la música de Soda quedaba muy bien, aunque los temas que usaron ya suenan un poco viejos. Me gustaría filmar con mis compañeros. Yo puedo ser el investigador, se produce una serie de crímenes espeluznantes, yo estoy enamorado de una chica hermosísima que finalmente es asesinada, ese crimen sería el más espectacular: el papel se lo daría a Natalia. Yo encuentro su cadáver y me desespero; mi ayudante sería una buena chica aunque no tan linda, enamorada secretamente de mí: Mariana. Yo muero al matar al monstruo. O no, Natalia y yo nos salvamos gracias a la intervención de Mariana. Hm. No sé. El comisario puede ser Federico, y yo un químico que encuentra el modo de matar a la criatura. No sé. Tengo que pensarlo. Federico, por ejemplo, no da el tipo en absoluto; al menos debería cortarse el pelo. Damián podría musicalizar la película.

Realmente, el cine me gusta todo. Me pasa lo mismo que con los libros: empiezo a ver o a leer y la realidad desaparece. Cuando termino, ahí descubro si la película o el libro me gustó o no.

16 de septiembre

Confusión. Caos. Desconcierto. Trastornos en el geriátrico de San Telmo.

Yo estaba en mi cuarto con Damián, mirábamos por cable uno de esos documentales viejos y ridículos de Jacques Cousteau. El hijo de éste, Pierre, en un momento se puso a jugar con un bebé foca o delfín o lobo marino o pingüino —bueno, un pingüino no, dicen que los pingüinos tienen mal carácter— o una ridiculez por el estilo, y se escuchaba la voz de Cousteau, mejor dicho, la voz del doblaje de Cousteau, que imitaba el acento francés del original para darle mayor realismo, matizando los comentarios sobre el bicho en cuestión con tiernas frases de reconvención del tipo "oh, Pierre, hijo, déjalo tranquilo". Me contó mi hermana que los Cousteau tenían un submarino propio con el que filmaban la vida marina de todo el mundo, hasta que el hijo se murió, no sé si por un desperfecto técnico o porque se lo comió una vaca marina o por el ataque de una ballena o por una rebelión de pingüinos o por otra causa.

Bueno, Damián estaba imitando la supuesta voz de Cousteau cuando empezamos a escuchar una música fuertísima, guitarras eléctricas y baterías que formaban una masa compacta. Era obvio que se trataba de una banda y no música grabada. Parecía provenir de lejos y, sin embargo, se escuchaba perfectamente.

Enseguida me imaginé que el ruido venía del tercero. Sería la rapada con su banda. Los sonidos eran horribles, rock tipo Metallica o algo así, pero me encantó imaginarme a todos los viejos del edificio al borde de un ataque cardíaco. Me entristeció un poco darme cuenta cuán lejos de Cerati se hallaba mi rapada, pero la convulsión que estaría provocando le hacía perdonable todo.

Después entró mi madre a mi cuarto, sin avisar. Odio que entre sin avisar.

—¿Escuchás? Es el loco del tercero.

Le pregunté qué loco, si no sería más bien la loca, o los locos, y me informó que los del tercero tenían un hijo de aspecto desastroso, horrible, que hacía "música moderna": lo habían visto subir cosas tipo guitarras eléctricas y latas como de partes de batería. Que sí, que ella había visto a la rapada, pero que debía ser la novia del chico: los vio caminar abrazados por el pasillo, seguidos de otros con aspecto aún más deplorable. Además, rompieron uno de los botones de luz del pasillo al apretarlo. Terrible. Bestias. Yo no decía nada, pero empezó a reprocharme el hecho de que sin duda no me importaba para nada que molestaran así a todo el mundo y que, incluso, tal vez esa música me gustaba, o que, al menos por contradecirla, yo lo defendería.

Salió de mi cuarto y cerró la puerta violentamente, furiosa, seguro, por mi defensa del chico: yo juro que no abrí la boca durante casi todo su discurso. Damián pudo comprobar que mi madre estaba casi tan loca como la suya. A mí tampoco me gustan los sonidos de la banda que estaba musicalizando la escena con mi madre, pero realmente no me daba para solidarizarme con ella, hubiera sido lo último: para mi vieja, desde Elvis Presley, toda la música es igual: los Beatles, Kiss, Soda Stereo, Michael Jackson, Calamaro, Megadeth, Sting, Dos minutos, todo es lo mismo. En su época, ella sólo escucharía a Palito Ortega o Serrat o boleros o cosas así. Además, mientras la escuchaba, yo en realidad sólo pensaba en las decepciones que día a día uno debe superar: no sólo mi vecina no es la rapada, sino que además es novia de uno de esos chicos de remeras semidestruidas y mal aliento. Seguro que él canta y hace, además, las letras de la banda, entre testimoniales y desastrosas, tipo Dos minutos. Y, además, ella lo debe admirar.

No estudiamos nada. Mañana, prueba de Contabilidad. Qué horror.

17 de septiembre

Esta mañana me levanté y, desde el primer momento, me sentí distanciado de todo. No tengo por qué estar siempre a la expectativa de que pase algo importante; si tiene que pasar, va a pasar. Voy a poner distancia de todo: de mis padres, de mi hermana, de mis compañeros, de mis profesores, de mis vecinos, de Natalia. No sé qué voy a hacer con Damián; voy a pensarlo. Voy a hablar lo mínimo. Si alguien me pregunta algo, contestaré correctamente. Rara vez me dirigiré a ellos, sólo por algún asunto puntual. Sólo hablaré lo necesario. Siempre tengo la sensación de que yo voy hacia los demás mucho más de lo que los otros vienen hacia mí. Creo que si no fuera yo quien inicia conversaciones, casi no hablaría con nadie. Hoy, en el colegio, voy a hacer la prueba. No voy a hablar sino respondiendo a algo que me digan. Si el resultado es la desconexión total, será que, efectivamente, era yo el que lo daba todo y no recibía nada.

Seguiré yendo al colegio, seguiré haciendo lo de siempre pero no me voy a involucrar. Me rodearé de una zona de silencio, ausencia, neutralidad, indiferencia. Miraré el mundo como a través de anteojos negros; me vestiré con ropa oscura. Nunca más Natalia percibirá mi amor no correspondido. Si alguien, por ejemplo, me dice algo que quiere ser divertido, sonreiré levemente, no diré nada y miraré hacia otra parte, o diré frases del tipo "es posible que sea así", o "tal vez". Si me quiero negar a algo, diré, con seguridad pero sin énfasis: "preferiría no hacerlo", e inmediatamente mi atención se distraerá hacia otro tema, o hacia la nada. Y, naturalmente, no haré aquello que se me inste a hacer. Por ejemplo, si al deficiente de Física se le ocurre hacerme pasar a resolver algún ejercicio, adoptaré esa actitud. O tal vez pueda pasar, resolver con rapidez el ejercicio sin decir una palabra, y volver a sentarme. Pero de lo último que vimos casi no entendí nada. No, diré simplemente "preferiría no hacerlo", con tono neutro, y punto.

Estudiaré las distintas materias como para aprobar. Dedicaré la atención necesaria y nada más. Si me dan tareas para hacer en casa, las efectuaré en seguida, y dedicaré el resto del tiempo a pensar, a leer. Tengo tanto, tanto en qué pensar. Voy a caminar por la costa. Una vez que termine el secundario, tal vez me vaya de Buenos Aires, solo, sin avisarle previamente a nadie. Pondré en mi bolso un par de cosas, y adiós. Ya habré cumplido con lo que se me pedía.

18 de septiembre

Conocí al del tercero. Hoy estaba saliendo de mi casa para ir a la librería, cuando veo que se abre la puerta de entrada y aparece un chico que no podía ser otro que el del tercero. Me vino una cierta desolación. Estaba vestido totalmente de negro, tenía el pelo cuidado pero no exageradamente, no como el de Federico, por ejemplo. Traía al hombro una guitarra eléctrica, o al menos el estuche. Caminaba como si no estuviera apurado, como si lo que hiciera habitualmente fuera lo suficientemente válido como para no sentir que caminar ese larguísimo e insípido pasillo fuera una pérdida intolerable de tiempo. Cuando estuvo más cerca de mí, le vi la cara: una expresión neutra y a la vez inteligente, no como la de la mayoría de los de grupos heavy, que tienen cara y movimientos y voz de chicos de barrio, pedantes, ruidosos e ignorantes. Medio bestias. No, éste sin duda vivía la música de un modo auténtico. Y seguramente siempre sería músico, no como los chicos que arman una banda inestable, y mala, con la que ensayan y tocan irregularmente por un par de años, y terminan dejando todo para trabajar en un taller mecánico, o en un banco, o poniendo un kiosco con dos primos. Él estaría en un entorno lamentable pero en este país cuesta estar con quien uno tiene que estar, sólo queda irse, pero hacia dónde. Era lógico que estuviera con una chica como la rapada.

19 de septiembre

Esta tarde me deprimí. Habíamos estado hablando con Natalia en el recreo, pero en un momento entró Santiago. Él empezó con las bromas estúpidas de siempre; más que profesor de Literatura, tendría que haber sido animador de televisión, aunque tampoco hubiera tenido mucho éxito. Yo miraba con indiferencia, y en un momento le pregunté a Gregorio una pavada de biología, no me acuerdo qué, como si naturalmente me hubiera desconectado de la conversación con Natalia. En ese momento, ella y Santiago aprovecharon para irse; él la llevaba alegremente del hombro. Los voy a matar. Me quedé pensando alternativas para el asesinato de Santiago. Lo voy a empujar por la escalera, su cabeza se va a quebrar como una sandía. Esos anteojos chicos y pelotudos se le van a romper; los vidrios se le van a meter en los ojos, y la armazón le va a atravesar la garganta. La secretaria va a asomarse por la baranda y va a ver el repulsivo, estúpido, deshidratado, hirsuto, petulante cuerpo de Santiago extendido en el rellano, en medio de un lago de sangre, la cabeza cerca de la puerta. Alguien va a abrir la puerta enérgicamente y va a darle un último y merecido golpe. Y después de que Natalia y Santiago se fueron al patio tuve que bancarme al retardado de Gregorio explicándome las preguntas del cuestionario, e indicándome cómo tenía que cambiarlo para que no se notara que me había copiado. Contuve las ganas de decirle que se metiera el cuestionario en el culo y me fui al recreo, tratando de no ver dónde estaban Natalia y Santiago.

Ella nunca, nunca me va a registrar. Nunca se va a dar cuenta de que existo. Tengo tanto amor para dar, oh, Natalia. Quisiera morir. Me imagino extendido en un frío y oscuro ataúd; días después de mi definitivo entierro, ella siente una especie de inquietud extraña, no sabe explicar qué le pasa. Mi imagen se le aparece como un fantasma en diversas situaciones. Una noche de tantas, está caminando con un grupo de amigos casi de noche por un parque con árboles altos, oscuros, de largas ramas sinuosas; en un banco a un costado de un sendero, estoy yo. Cuando ella se empieza a acercar, a unos veinte metros, cierro el libro y camino en otra dirección; trata de alcanzarme; a pesar de que corre con desesperación, mi lenta imagen se aleja más y más. Sus pasos la separan de los amigos, que empiezan, inquietos, a buscarla. Trata de gritar pero la voz no le sale de la garganta; finalmente deja de verme, y se siente perdida en el bosque. Grita y nadie escucha su voz. Cuando empieza a ganarla la desesperación, gira sobre sí para correr en dirección contraria a la que llevaba, y aparezco yo. Me abraza y yo la rodeo a su vez en un abrazo amplio, cálido, protector, oh, Natalia. Hacemos el amor lenta, apasionada, interminablemente. Después, se queda dormida entre la gramilla, los que la buscaban la encuentran y la despiertan. Pregunta por mí y ellos se miran entre sí, extrañados. Entonces comprende que nunca volverá a vivir algo tan maravilloso como esa noche en que yo aparecí y desaparecí para siempre, en medio de la viva oscuridad de la noche, de la oscura noche de la muerte. Triste y silenciosa, volverá hacia las calles cotidianas. Nunca será la misma.

20 de septiembre

Hoy otra vez encontré al del tercero. Salí tempranísimo para el colegio —tenía que estar a las 8, cómo odio ir a gimnasia el sábado a la mañana—, y lo vi entrar con otros dos chicos y la rapada. Ellos tenían el pelo larguísimo. Los cuatro estaban totalmente vestidos de negro. Eran cuatro, pero parecían veintisiete; caminaban rotundamente, y cada uno con algún instrumento distinto: guitarras, bajos, partes de la batería. Tenían un aire distante. Yo terminé de cerrar la puerta de mi casa y empecé a caminar por el pasillo, con aire indiferente. Sin aminorar el paso, dije un "hola" que debió ser claro aunque un poco fuera de tono, él o ella dijeron algo así como "mhm". Los otros apenas me tomaron en cuenta como para no chocarme; de todos modos, la caja (negra) de una guitarra chocó en mi hombro. Al lado de ellos, sentía mi cuerpo insignificante, y sin embargo lo suficientemente grande como para molestar. Salí a la calle; la radiante mañana de sol me pareció detestable. La noche se había ido junto con esos chicos; me los imaginé en el recital, en el escenario en el que habrían aparecido a las 4 de la mañana, mientras yo dormía estúpidamente. Estarían gloriosos sobre el escenario; debajo, un grupo de cuarenta chicos miraría con atención indiferente, perdidos entre la cerveza y la marihuana. Me imaginé uno más entre ellos, el pelo largo, sentado en un rincón tomando cerveza; una chica como la rapada, recostada sobre mí, me acercaba un cigarrillo a los labios, mientras escuchábamos sin escuchar a la banda. Después, cansados y silenciosos, íbamos a la casa de alguno de ellos y de ninguno en particular, donde dormíamos dispersos en el comedor, después de cerrar herméticamente las persianas para que no entrara nada de la luz de la mañana. Odié la mañana celeste y clarísima y la estúpida campera beige que me había comprado mi madre. El colectivo llegó enseguida y fue volando hasta el colegio; el profesor apareció veinte minutos después que yo.

21 de septiembre

Me gustó el viaje a Merlo. Realmente no lo pasé tan mal. Los problemas, los de siempre. Yo estaba a punto de no ir; los otros veintiuno de septiembre no fueron precisamente inolvidables. Bueno, siempre que aparece alguna salida digo que estoy a punto de no ir y finalmente voy a todos lados.

En un momento, Federico y Natalia se fueron aparte; alcancé a verlos irse en dirección hacia un lugar donde sólo había árboles y plantas. Me vino el desconsuelo previsible y una ráfaga de

34

odio; yo seguía allí sentado, solo, mirando los estúpidos árboles, el estúpido pasto, mi estúpida mochila. Los chicos jugaban al fútbol un poco lejos, en una cancha que veía como un espejismo en el desierto: figuras temblorosas bajo el sol; en unas mesas a unos metros de mí, las chicas jugaban a las cartas, con aire algo aburrido. Yo estaba extendido sobre el pasto, justificaba mi soledad con una actitud de descanso, distensión. Me acordé de la película de la otra noche y me imaginé un monstruo que sorprende a Federico y a Natalia en medio de la espesura y los destroza; ellos están uno sobre otro, sacándose excitadamente la ropa cuando ven que algo se remueve entre las hojas, se quedan un instante quietos, y aparece el monstruo tipo *Martes 13* o Freddy o algo así. Las chicas de las cartas y yo escuchamos un grito, corremos en dirección al sonido, y encontramos a Natalia y Federico semidesnudos y destrozados. Pobres. Miré hacia la zona en que se perdieron, me pareció ver un movimiento extraño: me vino un poco de miedo, me desplacé hacia el grupo de chicas, me puse a ver cómo jugaban, como si me interesara un poco. Mariana me dijo que la ayudara; yo sabía jugar a eso pero no tenía ganas de concentrarme. Me dirigí hacia la zona donde los chicos jugaban al fútbol. Hice diez metros bajo el sol directo, y aún los veía lejos; volví a la posición original, extendido en la sombra mientras intentaba concentrarme en la novela que había llevado. No lo conseguí del todo.

24 de septiembre

Qué horror los encuentros familiares. Estábamos comiendo con mis tíos en un restaurante terrorífico en Caballito, o Almagro, o no sé. Tampoco me acuerdo el nombre, pero era una frase en italiano, la mamma paparazza o la pappa cucinatta o algo así. Despreciable. Lleno de viejos gordos de cuarenta a sesenta años o más, todos gordos, gordos, grasosos. Mis tíos tienen la piel como muzzarella: blanca, fofa, grasosa. Si ellos se derritieran, se transformarían en una pizza: una masa ocre con un líquido blanco encima. Tanta, tanta comida. Bandejas flotantes de comida, más grandes y pesadas que los mozos, circulando por todo el restaurante. Ruido, mucho ruido, todos hablaban fuerte, reían a los gritos, me quiero morir. En un momento, una tía viejísima mía volcó el vaso de vino: hicieron un simulacro de limpieza, hubo un segundo de cierta seriedad, enseguida otros hicieron un comentario como que no pasó nada, y la fiesta (llamémosla así) continuó. Obvio que no había pasado nada: había tantos litros y litros de vino y tantos kilos y kilos de pizzas circulando por el restaurante hacia los desmesurados estómagos de mis parientes —y de gente casi tan horrorosa como mis parientes— que nadie debería perturbarse por un mísero medio vaso de vino tinto diluido en agua absorbido por el mantel. Yo tenía al lado a una prima, de trece años, insoportable. Decía que no tenía hambre, y era presionada para que comiera la pizza.

—No, no me gusta el queso —decía.

—A esta chica no le gusta nada. Después llega a casa y come cualquier basura. (La madre.)

—Comé. (El padre a la insoportable, los ojos desorbitados.)

—Pero no quiero. (Voz nasal de la idiota, arrastrándose en cada sílaba.)

—Ya no sé qué hacer con ella. Me mato cocinando, y no come. De repente parece que le gusta algo, lo preparo, y al final tengo que tirarlo. O lo come la chica que limpia. (La madre, a otra tía, o a mi vieja.)

—Quiero las aceitunas. (Mi prima.)

—Son las mejores pizzas de Buenos Aires y comés nada más que las aceitunas. (El padre de mi prima.)

—Dámelas pero que no tengan nada de queso pegado.

—¿Por qué no pedís unas papas fritas para ella? (La madre, al padre.)

—Que coma lo que hay. (El padre.)

—¿Me pasás esa aceituna que te quedó? (Mi prima, a mí.)

—... (Yo.)

36

Yo la veía comerse mi aceituna (no me gustan ni me disgustan, a veces las dejo a un costado porque me olvido, quién puede estar atento al destino de una aceituna chica, marrón verdosa y un poco achicharrada) y deseaba que se le quedara cruzada en la tráquea o en una arteria o en el cerebro o en el duodeno. Finalmente, el carozo pasó de su boca a su mano (no se quedaría en su tráquea, ni en su pulmón, ni en la arteria aorta, ni en el duodeno) y de su mano al plato.

—¿Y? ¿Cómo vas con Física? (Mi tío, a mí.)

—... (Yo.)

—Esa materia me vuelve loca. No estudia. O se encuentra con ese Damián, y escucha música, o no hace nada. (Mi madre a mi tía.)

Harto, estoy harto.

—Quiere seguir Letras. (Mi madre, a todos menos a mí, refiriéndose a mí.)

—Se va a morir de hambre. (Mi tío, los labios brillosos, mientras incorpora más muzzarella.)

Evidentemente, esa podía ser la peor pesadilla para mi tío. No tanto la muerte sino el hambre.

Después vino una conversación aún más terrorífica sobre el lugar de la cultura, las carreras que conviene o no seguir, etcétera. Y sobre el dinero, el dinero, el dinero. Modos de hacer dinero, modos de perderlo, modos de acumularlo, falta de dinero, exceso de dinero, importancia del dinero, relatividad de la importancia del dinero, preocupación por el presente económico, preocupación por el futuro económico. Hubo algunas coincidencias: todo iba mal y empeoraría, y yo me iba a morir de hambre. Cuando llegó la cuenta, pensé que con ese dinero era posible haber comprado veinte novelas o compacts.

La cena fue un horror, pero sentí que era una especie de señal de alarma: quién sabe si yo no corría el riesgo de llegar a ser como ellos. Debía hacer exactamente lo contrario de lo que mostraban; por ejemplo, podía seguir Letras. No sé si eso asegurará que uno no se sienta feliz por el simple hecho de ir a un lugar donde "se come muy bien", pero algo es algo. Otra cosa: nunca me casaría, nunca generaría una familia como ésa. Seguiría viendo a mis amigos, escuchando música, o leyendo, o lo que sea, pero nunca tendría un trabajo y una familia como ellos. O sí, estaría en pareja, pero una pareja totalmente distinta a la que mis parientes formaban. Mi vida, a partir de que terminara el secundario, no sería rutinaria, viviría apasionadamente, enfrentaría al mundo, en todo caso me moriría joven pero nunca, nunca sería como ellos. Enfrentaré la vida con pasión, con vértigo, fuera de fase, ocupado, enamorado. Viviré sin esperar nada de esa gente, de ese mundo triste, mediocre; sin miedo a la pobreza, a las enfermedades, a los robos, al abandono. Sin temor ni esperanza.

27 de septiembre

Le mostré dos cuentos míos al de Literatura: para qué lo habré hecho. Me los devolvió diciendo que estaban bien, interesantes, bastante bien, pero que tratara de escribir de modo más suelto, me preguntó —es increíble— si usaba el diccionario, no por las faltas de ortografía —creo que casi no tengo— sino por las palabras "inusuales" que yo había puesto. Me aconsejó, por ejemplo, cambiar la palabra merodear —yo me refería a unos monstruos que andaban por las afueras de un pueblo— por dar vueltas, o algo así, no me acuerdo bien. Me sugirió también reemplazar "aldea" por "pueblo", "cavilar" por "pensar", y cosas por el estilo. Lo detesto. En un momento puse que la acción se desarrollaba en el pueblo de ***, y me preguntó por qué puse eso. En muchas novelas encontré mencionados nombres de esa manera, como si se tratara de lugares reales que el autor no se atreve a mencionar, para que los habitantes del pueblo no se reconozcan. Me encantó usar los asteriscos, pero creo que el deficiente del profesor ni siquiera lo entendió. Así que parece que debo "evitar escribir con todo el diccionario", usar "frases más simples, menos retorcidas" (sí, dijo retorcidas). Pensar que Gregorio opina que es un tipo capaz. Sí, capacidad debe tener, porque obviamente no tiene nada en el cerebro, su cabeza es una zona vacía con gran capacidad justamente porque no tiene nada que achique ese lugar.

1 de octubre

Empezó octubre. La pintura de octubre es un bosque hecho con colores oscuros. Los tonos más claros están en el medio. Me encanta esta pintura. No hay cielo: son todos colores marrones y verdes casi azulados. Es un paisaje silencioso, tranquilo. Quisiera estar en un lugar así, tibio, protegido. Me siento tan maltratado por todos. Quiero vivir con Natalia en una cabaña en medio de un bosque como ése.

Hoy me sentía bien, tranquilo. La mañana en el colegio pasó sin problemas, no sucedió nada espantoso. A la una, salí del aula y fui al segundo piso, para el curso de computación; en el pasillo del primero me crucé con Natalia. Le pregunté si iba a hacer el curso; yo sabía que me diría que no: ansioso por encontrarla, ya había mirado minutos antes la lista de inscriptos.

Estábamos hablando de eso o de no sé qué cuando se cruzó Federico. Venía hablando con otros dos o tres, creo que eran del centro de estudiantes. Me di cuenta de que eran ellos antes de verlos; hablan con un volumen mucho más alto que el resto de la humanidad. Él saludó con la mano como al descuido, sin aminorar el paso. La actitud de Natalia cambió completamente, me seguía hablando de lo mismo pero de otra manera, le costaba seguir la conversación; se puso seria, era como una extranjera que tiene que esforzarse para hablar en español. Su mirada se volvió inestable, parecía que se obligaba a mantener la vista en mi cara, mientras no podía evitar seguir también al grupo de Federico, que se alejaba detrás de mí. En un momento, ella, que estaba cada vez más rara, insegura, hizo un gesto extraño y se puso a llorar. Yo no lo podía creer: sentí que se me hacía un nudo en la garganta. No sabía qué hacer, le decía cualquier cosa ("Natalia, qué te pasa, Natalia") y entonces ella, sin dejar de llorar, puso su cabeza sobre mi pecho. Yo le agarré el brazo con la mano ("Natalia, qué te pasa, por favor, tranquilizáte, Natalia, pará"). Miré alrededor, en el pasillo caminaban muchos chicos pero por suerte no los conocía, serían todos del turno tarde. Ella decía, con la voz como en un silbido: "qué hijo de puta, qué hijo de puta, no aguanto más", y seguía llorando. Me vino a la cabeza la imagen de Federico alejándose, hablando como si nada con sus amigos y saludando a la ligera, y veía a Natalia llorando, y me sentí tremendamente triste: nunca nadie se enamoraría de mí de esa manera; yo pertenecía al tipo de gente que se enamoraba y que nunca era del todo correspondida. Del otro lado estaban los chicos como Federico, que provocaban pasiones como la de Natalia. Es posible que él pudiera llegar a enamorarse, pero el hecho de acostumbrarse a recibir tanto más de lo que se da debe hacer que uno se vuelva medio indiferente al afecto de los otros. Me imaginé a Natalia dejando mensajes en el contestador o a la madre de Federico, regulando las llamadas para no quedar como una pesada, cuando lo que ella querría no era llamarlo medio al descuido y muy cada tanto sino correr hacia su casa y estar pegada a él todo el tiempo. En fin, yo pensaba esas cosas pero también sentía que Federico me daba una oportunidad de estar más cerca de Natalia, no del modo que yo hubiera querido pero bueno, qué puedo hacer. Me puso un poco triste el darme cuenta de que en el fondo me alegraba que ella se pusiera así. Después se tranquilizó, nos fuimos silenciosamente; en un momento, muy seria, me preguntó si hablaba mucho con Federico. Me sorprendió que me preguntara eso, le dije que no, que más o menos, que hablaba más con él que con otros, pero que no me daba mucho con nadie, excepto Damián; Natalia aseguró que hacía bien, que en el curso eran todos de lo peor, no merecían ni que se les hablara; ella tenía una amiga del turno tarde, era otra gente, no como los idiotas que se habían juntado en nuestra división. Después me hizo jurar que no contaría a nadie lo que había sucedido.

Nos fuimos por Callao, tomamos un helado en Freddo, y seguimos para el lado de Pueyrredón. Ella vive en Coronel Díaz y Santa Fe; caminamos juntos, mientras hablábamos de cualquier cosa. La tarde estaba perfecta. Media cuadra antes de llegar a su casa, me detuve en la parada del doce; yo la hubiera acompañado hasta la casa o hasta el fin del mundo, pero no quise que ella se diera cuenta, y se alarmara y buscara sacarme de encima. Ella no esperó a que llegara el colectivo, me dio un beso y me dijo que me agradecía que la hubiera acompañado, me recordó mi promesa de no decir nada, y se fue.

Soy feliz. Esas cuadras fueron las más felices de mi vida. Oh, Natalia. El haber estado tanto tiempo con ella, que mostrara esa confianza conmigo, es lo más hermoso que me pasó en mucho tiempo. Tal vez nuestra amistad se transformara en amor, pero sé que eso es imposible. Nunca fui más feliz y a la vez nunca sentí más la distancia que siempre va a haber entre los dos.

2 de octubre

Yo estaba leyendo una novela de ciencia ficción que me pasó Gregorio, tratando de concentrarme —no me vuelve loco la ciencia ficción—, mientras mi hermana hablaba por teléfono. Tenía un tono como desabrido, creo que se quejaba de que ningún chico de los que le gustaban se sentía atraído por ella, que no tenía nada que hacer, que todas sus amigas la habían dejado sola, y cosas por el estilo. Después me explicó: "Cuando estábamos en tercero, o incluso el año pasado, formábamos un grupo muy unido. Ahora todo se acabó." Dejar de leer para escuchar esas cosas es realmente irritante.

Le pregunté si quería que saliéramos un rato. Salimos. Enseguida me arrepentí de habérselo propuesto, ella mantenía una imperturbable cara de fastidio.

La gente que cruzábamos parecía contenta. Me parecía percibir que ese día sólo había en la ciudad parejas, miles de parejas felices, radiantes, todas agarradas de la mano o de los hombros o de alguna parte, derrochando felicidad, fidelidad, alegría, satisfacción, plenitud. Yo miré a mi hermana de reojo, y revisé la gente que iba por la calle, con la esperanza de que el porcentaje de parejas sobre el total de gente circulante se redujera, pero no,

41

seguía siendo elevadísimo. Para colmo, todos los que estaban solos eran viejos horribles, o chicos horribles, es decir, gente que no parecía merecer estar en pareja, y a mi hermana la desquiciaba sentirse parte de ese horrible grupo.

Como para hablar de otra cosa, empecé a contarle cosas del colegio: Natalia había faltado, Gregorio empezó a psicoanalizarse, uno insultó al de Matemática, el de Educación Cívica escribió un texto en el pizarrón con tres faltas de ortografía, etcétera. Como el tema no generó ningún interés, pasé a comentarle el libro que estaba leyendo. Era de ciencia ficción, ambientado en un futuro "no muy lejano". La Tierra sufría una sequía atroz, casi no había agua, la acción se desarrollaba en una típica casa de suburbios, que alguna vez habría tenido parque y pileta. Para entonces, el antiguo parque verde y fresco se había transformado en un páramo grisáceo; sólo quedaba el tronco seco de un antiguo árbol. La pileta del fondo estaba vacía y polvorienta: el Gobierno Mundial había prohibido el uso para esos fines de la poca agua disponible; el protagonista, en un momento, observa en el fondo de esa pileta seca un insecto inmenso, del tamaño de un perro, surgido por mutación genética. Esos enormes insectos serían los animales del futuro; si en algún momento dominaron los reptiles, o los mamíferos, en el futuro dominaría una raza de insectos grandes, duros, resistentes.

—Basta. Contá otra cosa.

Entonces le conté la historia de una mujer que esperaba a su amado, en los frescos jardines de una antigua casa perdida en una soleada isla griega. Ella estaba recluida desde niña; la habían aislado porque sus padres, reyes de un lejano país, habían soñado que esa hija les traería terribles desgracias. Por su parte, la dulce doncella sabía que vendría un hombre a liberarla. "Si lo supieras todo —le había dicho una pitonisa, en un sueño que volvía una y otra vez— sabrías que él está muy cerca de ti". Describí su espera mientras observaba el mar, mientras nadaba en un lago con nenúfares.

—¿Qué son los nenúfares?

—Plantas acuáticas. No sé bien, como camalotes, pero de otra calidad.

—¿Y cómo termina?

—Tanto desea que él aparezca que empieza a tener alucinaciones. Un día sale del castillo, y confunde a un oscuro y rústico pastor con un príncipe de ensueño, y, empujada por Venus, se entrega a él. El primer día de cada mes tiene alucinaciones por el estilo. Los habitantes de la isla —unos pocos pescadores y pastores— pensaban que ella salía del palacio por una cuestión ritual, o religiosa, interpretaban la entrega de la mujer como un regalo de los dioses. Cada isleño esperaba ansioso ese día, preguntándose quién sería el elegido. A las mujeres no les gustaba nada la aparición mensual de "la del castillo", como la llamaban entre ellas, pero aceptaban la situación por temor a la ira divina; rechazar un regalo de los dioses puede traer consecuencias terribles. E incluso aceptaron que ella empezara a aparecer una vez cada quince días, y, después, una vez por semana. Las últimas veces, además, la princesa había estado con un pastor y un pescador simultáneamente.

—¿Y nunca queda embarazada?

La pregunta me desconcertó. Tardé un poco en contestar.

—No, no. Los dioses...

—Basta de dioses. ¿Cómo termina?

—No me acuerdo bien, pero creo que los padres, arrepentidos, finalmente van a buscarla. Necesitan sellar una alianza con un rey, y llevan en el barco al hijo de ese rey, para que conozca a su futura esposa. Los isleños, furiosos, hunden el barco en el que se la llevan. Mueren ella, el príncipe, los padres y todos los tripulantes.

—Qué horror el final.

—Es inevitable. La profecía debe cumplirse.

Entramos a un bar espantoso por Nueve de Julio; estuvimos allí apenas media hora. La cara de fastidio de mi hermana casi era la misma de cuando salimos. Finalmente, volvimos, silenciosos.

En la calle seguían pululando las parejas felices. Yo era para ella un pobre simulacro de compañía, y creo que, más que agradecerme que estuviera allí, seguramente me detestaría. Cuando estábamos a una cuadra, observé que Laura estaba llorando. No lo pude creer. Me pregunté si sería natural que a todas las chicas se les ocurriera llorar por sus desdichas amorosas cuando están conmigo. La reiteración era realmente un poco ridícula. Quise contarlo a alguien, pero no encontré en la casa a Damián. No sé si será por contagio, pero ahora yo también me siento terriblemente solo.

3 de octubre

La odio. La odio. Quise acercarme a ella, y ni me miró; me trató como si la fastidiara. No lo puedo creer. Cómo me puede pasar algo así. Un día se porta conmigo de una manera, y ahora, en fin. Todo es tan terrible, tan terrible. Nadie puede entenderme lo que siento, a quién puedo contarle. Volví a casa y todo era igual; mi madre criticándome por el boletín, soportarla hablar de Práctica Contable, mi hermana criticándome porque no sé qué de la habitación, todo mal, todo mal. Terminé de comer, y me fui a mi cuarto. Me agarró un ataque de llanto que no podía parar. Tenía miedo de que entrara mi hermana y me viera. Aunque en parte habría deseado ser descubierto, quería contar lo que me pasaba, aunque me diera un poco de vergüenza. Me siento tan solo. Oh, Natalia.

4 de octubre

Hoy pasé por la pizzería de los del tercero. La culpa la tuvo mi padre. Tiempo atrás él había comentado, como al pasar:

—Hoy estaría bien comer pizza; podríamos ir a lo de Virginia.

Virginia era, claro, la madre del chico. Siempre me pregunté cómo era posible que las sugerencias de mi padre indujeran siempre a desplazamientos incómodos, a movilizarse para proyectos que podían ser atractivos o no pero que nunca coincidían con los que cada uno de los otros deseaba llevar a cabo. La reiteración de esas escenas llevaban a predisponernos a encontrar pesada cualquier actividad propuesta por mi padre. La primera vez que lo sugirió, no consiguió movilizarnos; no obstante, él sabía insistir. Al día siguiente volvió a la carga:

—Hoy me encontré con Virginia. Me dijo que fuéramos, que nos cobraba menos.

Esas ideas provocaban en mi madre un lento y poco perceptible asentimiento con la cabeza; en mi hermana, por lo general, también se producía la misma reacción, desde el sillón en el que escuchaba a Luis Miguel; yo también asentía mientras seguía haciendo cualquier cosa. Creo que la actitud en ellas era menos consciente que en mí, aunque quién sabe. De hecho, éramos tres personas que movían la cabeza de la misma manera, con la mirada puesta en cualquier lugar excepto en mi padre. Esa segunda noche creo que comimos fideos. Otro día:

—La verdad es que tengo ganas de comer pizza. Podríamos probar la de Virginia.

La situación se repitió una y otra vez, hasta que finalmente hoy me mandaron a comprar pizza. En lugar de la resistencia pasiva habitual, se me ocurrió contestarle que ya era demasiado tarde, que era posible que hubieran cerrado. Eso le dio pie para rebatirme con vehemencia, asegurando que le habían dicho que cerraban recién a las once y media. Yo no tenía nada en contra de ir a esa pizzería, pero me enfermaba que mi padre quisiera ir allí por el hecho de que hubiera alguien conocido. A la vez, me parecía que para mi padre, de alguna manera, encontrar gente conocida en lugares tan públicos como una pizzería era levemente prestigioso. Si Mariana adquirió cierto prestigio en el colegio por ser novia del ex bajista de una banda de rock casi conocida, mi padre bien podía sentir algún orgullo por vivir en el mismo edificio que el dueño de la pizzería más popular de la zona. También mencionaba como al pasar, en cualquier situación, que la del cuarto hache actuaba en televisión, hacía de mucama fiel, ruidosa, gorda, simpática y algo boluda en un programa que fue un éxito total. Aunque me parece que últimamente mi viejo no la nombra tanto. Creo que eso se debe a que la mujer creció demasiado, ya no era un vínculo entre su oscuridad y las luces de la fama sino que se había pasado totalmente al otro lado.

Cuando llegué a la pizzería, no me sorprendió lo que encontré: el local era chico y feo, pero parece que venden mucho porque la pizza cuesta la mitad que en cualquier otra parte. La madre estaba en la caja, y el padre —que en realidad no es el padre—, en la zona donde las pizzas se preparaban; el chico las acomodaba en cajas y las entregaba. Tenía una actitud lejana; parecía eficiente pero era visible su indiferencia por la actividad: seguramente jamás contaría una anécdota vinculada con sus horas de expendedor de pizzas. Su conducta era perfecta: no se involucraba pero tampoco sus padres podrían molestarlo con reproches. Sin embargo, no quedaba mal en ese lugar: su largo pelo negro contrastaba con el blanco tiza general del negocio; además, no estaba fuera de lugar que un músico de dieciocho años tuviera un trabajo de ese tipo: un empleo intrascendente, sin ninguna posibilidad de progreso, que le permitía seguir poniendo toda su pasión en la música, en sus amigos, en su chica rapada.

La madre del chico buscaba conversar conmigo mientras las pizzas se preparaban. Por desgracia, yo era el único cliente. Mientras esperaba, el padre, bueno, el padrastro, cerró con llave la puerta del negocio. Además de ser el único cliente, yo era el último.

—Decíle a tu padre que hoy va a comer pizza por ser él; si en vez de vos entraba cualquiera le íbamos a decir que ya habíamos cerrado.

Lo dijo con entusiasmo, como si estuviera feliz de hacer eso por nosotros. Sin embargo, creí percibir un suave matiz irónico en el comentario. Se demoraban en irse por culpa mía. El odio a mi padre, que había ido creciendo a lo largo de las dos cuadras que tuve que caminar, se incrementó violentamente. Yo era un pesado a quien, por algo así como buena vecindad, se habían visto obligados a atender.

Me empezaron a hablar de cosas intrascendentes. Después de un rato, lo inevitable, fatal: la mujer me preguntó cómo me iba en el colegio. Me encogí de hombros, indicando que era un tema que me tenía muy sin cuidado. Sin duda, para el chico ese tema no ocupaba ningún lugar en su lista de intereses, y yo odio que la gente presuponga que para mí sí tiene que ser importante. Me acordé que tenía que repasar lo de Física: iba a estudiar de nueve a once, según el cronograma elaborado a las cinco de la tarde. Pero me había olvidado completamente. Nunca, nunca conseguiría superar esa insoportable materia.

—Marcelo, andá ordenando el mostrador, querido, así nos vamos enseguida.

La madre le hizo varios comentarios más. Cada vez que le hablaba, empezaba con el "Marcelo", y decía el nombre con más lentitud que el resto de la frase. Sin duda él tenía su atención totalmente en otra parte, y, de esa manera, ella le daba tiempo a registrar que le estaban hablando. Me imagino que, sin el "Marcelo" iniciando cada frase a él dirigida, ella siempre se hubiera visto obligada a repetir lo dicho.

Me fui con las jodidas pizzas; cerraron con llave inmediatamente después que yo salí. Juro que no voy más a ese lugar.

5 de octubre

Mi hermana está saliendo con un chico. Es un horror. Ella se hace la intelectual, y ahora aparece con una bestia de gimnasio, mucho peor que Federico. Ese tipo es un desastre. Mide como dos metros. Debe ser analfabeto. Dice Damián que mi hermana debió encontrarle algo bueno; el comentario lo dijo en un tono que me irritó muchísimo. Además, me trata como si no existiera. El otro día vino a casa, estaban en el cuarto, con la puerta entreabierta; yo iba a entrar a buscar algo, y él me cerró la puerta en la cara, como si nada. Lo hubiera asesinado. Tiene veinte años, y está terminando el secundario, o haciendo como que lo termina, en un nocturno a dos cuadras de mi casa. Trabaja como preparador físico o algo así. Peor aún: se autodenomina "técnico en musculación". Me lo dijo con seriedad. Yo dije ajá, ajá, qué bien. Cuando llama por teléfono me cae peor que personalmente. Es una bestia. Tarzán debe tener una conversación más fluida. Y tiene una nariz desmesurada. Me enferma. Lo raro es que Laura parece totalmente inmune a todos los comentarios que le llegan. A mi vieja le cae bien —obviamente, tenía que caerle bien, qué se puede esperar de ella— a mi viejo más o menos, a sus amigas no sé, pero me imagino que mis comentarios deben ser la inocencia absoluta comparados con los de ellas. Es como que no reacciona a nada. Hoy él llamó, atendí, le dije a mi hermana que King Kong estaba en la línea: nada, ni se enojó, ni se rió, ni nada. Se encerró en el cuarto, habló no mucho tiempo, se preparó para salir con una rapidez inverosímil: nunca se había arreglado tanto, y en tan poco tiempo. Y se fue, como si nunca más fuera a volver.

6 de octubre

Qué terrible esta mañana haber tenido que levantarme para ir a gimnasia. Para colmo, el reloj sonó una hora antes de lo que debía, a las seis. Cuando me despertó, lo puse a las siete; durante esa hora estuve semidormido y quería mantenerme así: no deseaba dormirme del todo, quería mantener un mínimo grado de conciencia, de modo de gozar la hora que podía quedarme en la cama. Después, de nuevo el insufrible ruido del despertador, levantarme y correr hacia la parada de colectivos.

En el viaje encontré a Federico. Esta mañana deseaba no verlo, pero me puse a hablarle en cuanto subió. De por sí es grande como un ropero, y encima tenía una campera que lo hacía todavía más voluminoso. Me hablaba distraídamente, como si lo aburriera un poco, en realidad él también me aburre bastante, pero esta mañana yo tenía ganas de hablar. Además, el viaje hasta Ciudad, parado, y solo, es insoportable.

Se entusiasmó un poco cuando yo no sé qué le dije de su ropa, y empezó a describir diversos tipos de equipos de gimnasia y de

48

camperas. De ahí pasó a hablarme del gimnasio, uno que está a cuatro cuadras de mi casa; parece que se va a cambiar porque empezó a no gustarle la gente que va allí. Yo le dije que había ido dos veces al de Defensa y Chile, que no parecía estar tan mal; hizo un gesto como diciendo que ese lugar era lo menos, lo peor.

El tema de conversación realmente me tenía sin cuidado, pero presté más atención cuando empezó a hablar de Natalia. Dijo que ella lo llama bastante seguido, pero que a él mucho no le interesa. Parece que tuvieron una historia meses atrás, pero que ahora él está en otra, está medio saliendo con una chica más grande, de veinte años, que hace el Ciclo Básico Común en Paseo Colón. Pero tampoco esta chica le interesa demasiado; la noche anterior ella había salido del CBC y pasó por la casa de él; como estaba cansado, no le abrió. Por favor, quién se cree que es. Creo que lo único que le interesa es pasearse por el gimnasio y ver cómo crecen sus músculos. Y cuidarse el pelo, lo tiene siempre largo e impecable. Y hacerse el lindo cuando va a bailar. Qué tipo.

Lo que me extrañó es que no cree que pase algo entre Natalia y el de Literatura. Para Federico, Santiago es simplemente un baboso —qué palabra horrible, pero bueno, fue la que usó él— que manosea a cuanta chica se le aparece delante, pero que no concreta nada. Y que Natalia simplemente juega con él, como prometiéndole algo que no le va a dar. Me llama la atención que Federico diga eso. Parece que sabe analizar las cosas un poco más de lo que yo creía, aunque en este caso tal vez esté equivocado. En realidad, me cuesta imaginar a Natalia llorando por Federico y a la vez saliendo con el de Literatura, pero el rumor está tan difundido que uno lo da por cierto. No le dije nada de la escena en el pasillo, no tanto por la promesa de guardar el secreto sino porque la situación a mí realmente no me deja muy bien parado. Mientras yo pensaba estas cosas, Federico siguió hablando de Santiago: me informó que está casado con una mujer de la edad de él, gorda y nada linda. Federico una vez los vio juntos a la salida del colegio. Mi imagen de Santiago empeoró, si es que eso era posible. Claro. Está siempre con una vieja horrible y, en el colegio, trata de tocar a chicas como Natalia. Lo odio. Qué ser miserable.

Después se cansó de ese tema y volvió a cuestiones para él mucho más interesantes, como la aparición de una bebida isotónica —yo nunca había escuchado esa palabra, supongo que se escribirá así—, que sirve para reponer proteínas o sales o vitaminas perdidas en la actividad física. Le molesta que en el bar de Ciudad no haya bebidas isotónicas, es increíble, cómo en un campo de deportes no va a haber bebidas isotónicas. Coincidí con él, no era admisible que no hubiera bebidas isotónicas en un campo de deportes. Después le dije que para mí, en realidad, Ciudad, más que un campo de deportes es un campo de torturas, y no me parece incoherente que en un campo de torturas no haya diversidad de gaseosas. Pensé que el comentario iba a desagradarle, pero se rió.

Esta mañana hacer gimnasia fue un espanto. Hizo un frío atroz, y tuve que dar miles de vueltas a la pista que rodea la cancha. Es increíble, ya estamos en octubre y hay que soportar frío. Sentía la boca como pastosa, se me pegaba a los labios una especie de viscosidad realmente repugnante. Se veía el aliento de todos como vapor. Un horror. Nunca, nunca hizo tanto frío como hoy. El pasto de Ciudad estaba escarchado; casi costaba respirar: sentía como si me entraran por la nariz partículas de hielo. Hacernos ir hasta ese lugar es inhumano. Odio Ciudad Universitaria.

7 de octubre

Iba caminando lentamente por el pasillo: ya antes de entrar escuché la música; el equipo había retornado, después de que por fin mis viejos accedieron a pagar la reparación. Mi hermana fumaba —mis padres no estaban— acostada en el sofá del fondo del comedor, con las luces apagadas. Luis Miguel volvía a cantar en el living, después del breve descanso de una semana. Por qué tenía que soportar a ese tipo. Odio, odio a Luis Miguel. Hace poco vi un video viejo de él, de cuando era chico. Parece que más que crecer se hubiera dilatado, como si hubiese tomado hormonas o algo así. Entre una persona normal y él existe la misma diferencia que entre una vaca normal, de las que alguna vez habrán existido, y otra producto de ingeniería genética, tipo shorton. Qué tipo horrible. Parece Mirtha Legrand. Cuánta fealdad hay en el mundo. Quiero estar entre gente linda, inteligente, natural. Que se dedique a cosas interesantes. Qué tristeza. El mundo es un gran desierto amarillo.

En cuanto entré, la voz de mi hermana:

—Por favor, subílo un poco.

Fue lo único que me dijo; yo no la había saludado; a ella no le gustaba que le interrumpieran la situación de escuchar a Luis Miguel recostada en el sofá fumando con las luces apagadas. A mí tampoco me gustaba interrumpirla; a veces yo prefiero sentir que tenemos vidas paralelas, que sólo por un azar que no manejamos nos es dado coincidir en la misma casa. Me acosté en mi cama, con la misma ropa que tenía en el momento de entrar, sólo me saqué los zapatos y los tiré ruidosamente al piso junto con la mochila, pequeñas desprolijidades en el orden que mi madre había impuesto al cuarto. Me habría gustado que alguien me mirase desde el techo, yo vestido con ropa negra creando sobre la cama blanca un extraño signo. Corregí la posición de modo de ofrecer la imagen lo más plástica posible a ese supuesto observador. A veces me gusta imaginar que soy observado por una persona que me comprende, que entiende más que yo mismo lo que me pasa. Por qué estoy siempre tan mal, por qué no entiendo por qué a veces me angustio tanto, por qué a veces estoy en una conversación cualquiera y de repente veo a todos como malos actores en una mala película y me vienen ganas de llorar.

No sé si me conviene seguir escribiendo. A veces creo que estoy bien y de repente, como ahora, a medida que escribo, descubro que soy tremendamente infeliz. Quién sentirá lo mismo que yo. Supongo que a esta hora, Marcelo estará abrazando a la rapada en su cuarto oscuro y desordenado; Natalia se recuesta en la cama, y escucha semidormida a Cerati, y puede ser la protagonista de alguno de los clips de los temas lentos. Ella debe estar cerrando los ojos, se desliza suave hacia una zona protegida, de silencio, de paz. Oh, Natalia. Hundirme con vos en el sueño como en el mar nocturno, dejar este mundo detrás. Federico se habrá bañado, se mirará complacido frente al espejo y se acostará. Se dormirá casi en el mismo momento en que se mete en la cama. Ningún pensamiento cruzará por su mente. Bueno, en realidad ningún pensamiento cruza su mente en ningún momento del día. Me imagino que él, si aparece ante él alguna idea, la obligaría a hacer abdominales, o pectorales. O la mandaría a buscar una bebida isotónica, o a acomodar las pesas. Qué tipo idiota. Lo odio, lo odio. Y sin embargo, sin duda, es mucho más feliz que yo.

Damián debe estar tratando de hacer música con sus teclados; empezará a sentir la cabeza pesada, tendrá sueño. Pensará dónde está la chica que va a cantar sus temas y con la que formará su banda. Se dormirá mientras piensa en un video del tipo de los que le gustan a él, con alguna cantante hermosa como la que tiene que encontrar, y con imágenes menos frecuentes de un bajista o tecladista que, claro, será muy parecido a él. Santiago estará acostado con su gorda esposa —deben transpirar como cerdos— mientras piensa en Natalia. Qué tipo repugnante, seguro, seguro que piensa en ella; por suerte la imagen de Natalia está a salvo de recibir una sola gota del asqueroso sudor que produce y que ahora se debe estar mezclando con el de su mujer.

Cada uno vive su vida, sueña sus sueños, un presente real o un futuro posible, sólo yo estoy aquí, solo, sin presente ni futuro, sin nada más que fantasías irrealizables, acosando las imágenes de los demás como un mendigo que ve una fiesta gloriosa desde la calle oscura, mientras él pasa frío y hambre. Sólo me sostiene mi amor por Natalia, pero siento que ese amor me hace daño, me hace sentir más solo, triste, desprotegido. Mi amor es como una hoguera de llamas débiles, que no alcanza nunca a entibiar mi corazón. Es una hoguera terriblemente voraz y que, a la vez, está siempre a punto de apagarse; necesita para sobrevivir que yo le arroje todas mis cosas. Es como si en la peor noche ese mendigo desolado, oculto en un terreno baldío, usara lo poco que le queda para crear un fuego contra el frío que sacude su cuerpo y oprime su alma. Su ropa y sus pertenencias se queman con rapidez y él queda desnudo y tembloroso, expuesto al helado viento de julio, entre maleza, basura y escombros.

Creo que mejor me voy a dormir.

8 de octubre

Marcelo entró con dos amigos, que no sé si serían los mismos de siempre, y con una chica que no era la rapada, sino una más alta, de pelo largo. No me cayó muy bien. La rapada tenía un aspecto desprolijo y nervioso que me conmovía; me gustaba verla cargando trabajosamente algún pesado instrumento, tratando de mostrar que no le llevaba ningún esfuerzo. La de pelo largo parecía más segura de sí misma, más dominante: no cargaba nada, tenía las manos dentro de una campera de cuero negro demasiado nueva, el pelo lacio, brillante, demasiado prolijo, como las cabezas que uno ve en un cine de shopping.

9 de octubre

Son las siete de la mañana y no tengo nada de sueño. Me querría dormir ya, pero no puedo. Casi me quedo dormido en el colectivo y acá estoy, de lo más despierto. En realidad, me siento como desvelado. Algunos delirantes iban a jugar un partido de fútbol a ciudad universitaria. A lo mejor tendría que haber ido con ellos.

Qué larga fue la noche. Había que llegar al gimnasio, bueno, a la disco, a las diez y media, "para ayudar". En realidad no tuve nada para hacer. Mejor dicho: yo no encontraba qué hacer. Éramos pocos: todo el mundo estaba ocupadísimo, o no estaba, sólo andaban por ahí los del centro de estudiantes, es increíble el entusiasmo que tienen para organizar fiestas. A veces yo realmente quería ayudar, para disipar un poco el aburrimiento, pero cuando, ante mi disponibilidad, me mandaron a comprar Coca y tuve que ir solo, se me fue enseguida el entusiasmo por el trabajo colectivo. Yo jamás uniría algunos de los importantes cables que cruzaban el lugar, ni tendría una ardua negociación con los dueños del gimnasio que se convertía en disco. Yo tenía que ir a comprar Coca. Dios mío, qué destino.

Además, yo había ido con la camisa blanca, y el jean nuevo. No sé qué tenía en la cabeza cuando elegí esa ropa. El jean era demasiado oscuro, y con la camisa blanca parecía un mozo. Tendría que haberme puesto el jean claro, gastado, quedaba mucho mejor con esa camisa. La diferencia parece insignificante, pero no lo es. Mi imagen hubiera sido totalmente diferente si me hubiera puesto el jean gastado, que, por otra parte, me queda mejor, un poco más ajustado. No entiendo cómo me pude poner el nuevo.

A las doce, todavía no había llegado nadie y yo me senté frente a los videos, y traté de concentrarme en ellos. Por MTV pasaban un "especial" pesadísimo de George Michael. ¿A quién puede gustarle ese tipo? Creo que la mayoría de los clips eran viejos, o deberían serlo. Por otra parte, todas las imágenes eran con amaneceres, o atardeceres, departamentos lujosos, yates lujosos, pelos lujosos, modelos lindísimas; él siempre sonreía, excepto cuando se ponía anteojos oscuros y prefería estar serio y con la barba un poco crecida, para dar algún dramatismo, y las imágenes eran en blanco y negro, con gente tipo mineros. Qué horror. En Inglaterra, ese tipo debe ser una especie de Diego Torres, o algo así. Empecé a sentirme incómodo. Traté de sentarme de otra manera, de adoptar una postura que indicara que no me interesaba mucho lo que estaba viendo. Sin embargo, una de las tantas escenas románticas de los videos me llegó, y me aluciné en la cubierta de un yate, con una chica muy parecida a Natalia recostada a mi lado y acariciándome lentamente el cuerpo. Natalia tenía gafas oscuras, el sol molestaba particularmente sus ojos claros. Yo era ya de veinte años; me había acostumbrado a una vida más deportiva y al aire libre y estaba más alto, musculoso —pero no descontroladamente, no como Federico, que parece un mutante, con las venas como saliéndose de sus bíceps— y bronceado. Y algo más peludo. Natalia me veía tranquilo, distendido, silencioso; después de estar un buen rato conmigo, su ansiedad para que yo la abrazara y le hiciera el amor luchaba con su deseo de no molestarme; teníamos todo el tiempo del mundo, ya habíamos transado a la mañana y al mediodía y ella tenía pánico de resultar pesada. Finalmente, se levantó y se acostó en su camarote, al borde de la masturbación. A los pocos minutos, el rectángulo de luz de la puerta era ocupado por mi imagen: ella me veía a contraluz, mientras me le acercaba. Y otra vez hacíamos el amor desaforadamente. Oh, Natalia.

Ya había pasado George Michael cuando llegó Mariana con una amiga de ella, una chica que había dejado el colegio en segundo año. Me cae bien Mariana. Lástima que sea tan fea. Pero no estaba tan fea, por lo menos no tanto como su amiga. Qué horror esa chica. Tiene un cierto aire a mosca. Creo que si a cualquier persona se le pregunta con qué animal se puede asociar a esa chica, diría que a una mosca. Tengo que preguntarle a Damián. Qué fea es. Era la clase de personas que jamás podría estar en un yate como el que yo compartiría con Natalia. Qué absurdo, yo en un yate con Natalia. En realidad tendríamos que compartir una buhardilla —¿o bohardilla?— en París. Yo me dedicaría a la plástica, y ella posaría. En las inauguraciones de mis muestras, yo sería un interesante latino con barba muy corta, y ella, que hablaría francés mucho mejor que yo, sería mirada con deseo por los hombres y con atroz envidia por las mujeres.

Me fijé en el diccionario: es buhardilla.

No sabía de qué hablar con Mariana, en un momento no sé qué le dije, un chiste que creo que le resultó simpático, y pareció toda conmovida y me agarró la mano. Mariana tiene cierta sensibilidad. Pero sé que no es a mí a quien realmente desea: dice Federico que lo acosa todo el tiempo, que lo llama por teléfono, etcétera. Me tiene harto Federico. Además, tuvo historias con dos preceptores y el del laboratorio. Evidentemente, le gustan los tipos grandes, en edad o tamaño. Y le gustan también los heavys, salió con todos los heavys de la división. Por mí siente un afecto totalmente asexuado. Yo me sentía un poco incómodo: me pareció que la mosca observaba mi jean, que, como la luz se hizo menos intensa, se veía de un azul todavía más, más oscuro. Y contrastaba más con mi camisa blanca, todavía más.

Fue en ese momento que entró Natalia. El corazón casi se me para, pero seguí hablando con Mariana; la mosca dijo algo como que tenían que irse y volver más tarde, querían pasar por otra fiesta, porque ahí era obvio que no pasaba nada. Odio a las personas que siempre tiene otra fiesta a la que están yendo, nunca vienen de una fiesta sino que se van a otra. O yo estoy siempre en las fiestas de las cuales la gente se va, o no sé. Les comenté, distante, mientras miraba a Natalia que estaba con un chico de pelo largo y aire heavy —se suponía que Natalia odiaba todo lo heavy, alguna vez me había dicho eso—, que yo prefería estar en los lugares donde parecía que no pasaba nada, pero donde en realidad pasaban cosas importantes, por ejemplo, dije, la llegada de Mariana. Yo quería decir Natalia, pero me pareció más cortés decir Mariana. Mariana se rió; la mosca zumbó y repitió que tenían que irse. En fin, se fueron. El chico que había venido con Natalia cruzó la pista hacia los baños. Me pareció despreciable. Tenía campera de cuero, el pelo largo, etcétera, pero era tan poco verosímil como George Michael haciéndose el malo. Nada que ver con el del tercero, por ejemplo.

Oh, Natalia.

Empecé a sentirme desdichado. Me acerqué lentamente hacia la barra. Nada me haría tan feliz como dos margaritas: pedí el primero. No sabía dónde meterme. Oh, Natalia, te amo tanto. Soy poco, o nada, pero tanta gente también es poco o nada y sin embargo tiene tantas más cosas que yo. Soy nada, pero tengo dentro de mí todos los sueños del mundo. Tendría que haber una máquina a la cual uno pudiera conectarse y que creara en nuestras mentes las imágenes deseadas, con perfecta claridad, como si uno realmente estuviera en ese lugar de sueños. No es posible que la realidad sea tan de mierda, esa discoteca que no es una discoteca, ese heavy que no es heavy, esa chica que no es una chica sino una mosca. Sólo es real Natalia. Si todo lo que nos rodea es mentira, por qué no vivir una mentira más placentera. Conectarme a esa máquina hasta morir.

Después llegó Damián, y me puse un poco mejor, pero seguí

tomando; terminé borracho y descompuesto. Habré vomitado a eso de las 3 de la mañana, en el momento en que había más gente. Después de vomitar, por lo general, me viene un estado de tranquilidad, distensión, me siento todo como flojo. Me hace muy bien. Damián se fue a las cuatro, yo sabía que no podía esperar mucho de la fiesta pero me costaba irme.

Bailé después un buen rato; yo no estaba con nadie en particular. En un momento reapareció Mariana; me dijo algo que no entendí, le pedí que me lo repitiera al oído, y otra vez no entendí. Puso cara de enojada, o eso me pareció, y se fue. El lunes le voy a preguntar qué me dijo.

Estoy cansado.

10 de octubre

Acabo de descubrirlo: mi hermana escribe poesías.

Las letras de las canciones de Luis Miguel son, al lado de lo de mi hermana, la sobriedad absoluta. No se puede creer, jamás me habría imaginado a mi hermana con esos ataques sentimentales.

Ahí va la primera:

Hacía mucho tiempo/ que lo había olvidado/ Creí que eran necesarias/ las ternuras sin nombre/ (¿habrá ternuras con nombre?) y mi necesidad/ sólo pudo esconderse/ buscándote, buscándote/ A pesar de mis ganas/ de no sufrir, de no darme/ siempre en ... y ahí no entiendo la letra. Siempre en rano, ah en rano, es imposible. Rana tampoco puede ser. Ya sé. Es vano. Siempre en vano, ah en vano. Qué expresión ridícula. Después habla de las fibras más sensibles. No se puede creer. Qué desastre.

12 de octubre

Un hombre que debe encontrar y eliminar androides, una mujer hermosa de la cual el hombre se enamora, el descubrimiento de que la mujer es una androide. La acción, en un Los Ángeles futuro, de pesadilla: una ciudad en la que llueve todo el tiempo, masas increíbles de gente: una confusión de chinos, mexicanos, negros, blancos con aspecto perturbado, gente con un aspecto muy poco norteamericano: no aparecen los rubios, saludables norteamericanos que habitualmente resplandecen bajo el sol de California.

La película me encantó, me encantó la historia, cualquiera se enamoraría de esa androide ("replicant"), cualquier tipo querría ser como el protagonista. Pero más me gustó cómo mostraban Los Ángeles. Cuando Damián y yo salimos de su departamento, la calle nos pareció casi amenazante: es un espanto Paseo Colón a esa hora, como si detrás de cada columna estuviera agazapado un psicópata.

Seguimos hablando de *Blade runner* durante toda la caminata hasta el Centro. Mientras intentábamos atravesar Lavalle, nos dimos cuenta de que ésa era la calle más *Blade runner* de Buenos Aires. Mucha, muchísima gente. Las luces de los locales, de todos colores, daban una atmósfera de lo más cinematográfica. Muchos chicos de nuestra edad, pero con un aire de perturbación y violencia que, en otro lugar, nos habría intimidado. Había también parejas o grupos de coreanos, más serenos, menos expansivos que los demás; otros muchos de los que por ahí andaban, sin duda, venían del interior o de Bolivia o Paraguay. Había también gente como mis viejos. Había también muchos tipos solos, más bien grandes. La mezcla de locales era loquísima: cines, monstruosas salas de videojuegos, un cartel inmenso de un bingo con una estética que supongo que quiere dar un clima Las Vegas; pequeñas galerías medio pobres, con todos los locales cerrados excepto las entradas a microcines porno y a cabarets, con mujeres dibujadas en la entrada y con palabras en inglés escritas en letras irregulares: *dancing, girls, love night, sex show*. Muchos mendigos pidiendo ayuda a los gritos o revolviendo la basura, predicadores que declaman con acento centroamericano, algunos cantantes tristísimos. Unos tipos entregaban, en las esquinas, papelitos con apenas una dirección impresa, o un nombre, pero sin indicación de qué tipo de negocio se trataba; sólo ponían cara de nada y, en el momento de la entrega del papel, decían muy serios "buen nivel". Otros, mucho menos comprometidos con su tarea, daban volantes de restaurantes baratos.

Unos chicos vestidos como guardianes de una nave que llega a Plutón custodiaban o promocionaban un lugar donde se puede jugar a la guerra espacial; uno circula —sin correr, advierten los empleados— en un laberinto mal iluminado mientras dispara rayos láser a los otros jugadores. A Damián le fue pésimo, a mí un poco mejor; nos falta experiencia.

El aire tenía un matiz rojizo por las luces enfrentadas de toda la confusión de locales. Los únicos lugares con luces blancas eran unas pizzerías con azulejos también blancos, donde había que comer parado. El tipo que estaba al lado de Damián parecía un ex policía o militar a punto de sacar una ametralladora y cometer un asesinato masivo. Sería impactante ver los cadáveres sanguinolentos y las manchas en las paredes blancas, tan blancas. El McDonald's estaba llenísimo; era un poco raro, un marco tan norteamericano para gente tan poco norteamericana. Justamente, dijo Damián, el contraste era muy norteamericano, muy de la película. Entramos para tomar un helado, vimos la foto del empleado del mes —una chica con granitos, y totalmente sonriente; hasta los granitos parecían sonreír—, y nos fuimos. No está nada mal caminar con walkman por Lavalle a la una de la mañana. Y me habría gustado tener anteojos oscuros, de modo de no ver a la gente más que como fantasmas, y que lo único definido fueran los filamentos rojos, azules, naranjas, violáceos, de las luces de los locales.

13 de octubre

Mi hermana está loca.

Estábamos hablando de no sé qué, estaba Damián y unas compañeras de ella, y yo quería cargarla por lo de las poesías, y le dije: te llamó Paola por teléfono, estaba buscándote, buscándote. Me miró mal. Después le dije algo así como que estaba cansado de estudiar Física en vano, ah, siempre en vano, y le agarró un ataque de nervios, que cómo estaba revolviendo en sus cosas, y además me insultó como nunca, y se levantó como para asesinarme, y al final se fue a su cuarto y se puso a llorar. Yo me puse mal, le fui a pedir perdón, y me gritó cosas peores. Y todos ahí, yo medio cerré las puertas pero creo que escucharon igual. Al final se encerró en el cuarto con las amigas, y yo me quedé con Damián en el comedor. Me quedé afligido pero es obvio que ella está loca, Damián pudo comprobar que mi hermana está casi tan loca como mi madre.

15 de octubre

Debo decidirme a poner distancia de todo y de todos. Esta actitud me permitirá relacionarme mejor con los demás. Seré más tolerante, comprensivo. Al no padecer por los otros, podré vincularme mejor con la gente. Mi mirada, aunque algo distante, será de tranquilo afecto hacia esas personas tan frágiles, tan poco conscientes de lo que les pasa; no son más que hojas secas que arrastra el viento. Yo también lo soy pero lo sé, y me resigno a eso, cierro los ojos y dejo que la vida me arrastre hacia donde quiera; puedo caminar en medio de la tormenta, el pelo mojado, el viento frío sobre mi piel; mientras los demás buscan protección, yo seguiré caminando por la vida sereno, sin rumbo. Sin temor ni esperanza.

16 de octubre

Mi hermana está en problemas: descubrió que el técnico en musculación se dedica también a otras chicas. Parece que una amiga de mi hermana lo vio apretando con no sé quién; por una cuestión de amistad, o fidelidad, o porque sí, la amiga llamó a Laura y sobrevino el desastre. Para colmo, Abel no se cuidó para nada de mantener sus cuestiones en secreto; la escena que le describieron se desarrolló frente a todo un grupo que conocía a Laura. Ya me imagino la producción de poesías que se viene; en general, en la mayoría de libros de poemas que leí, aparecen con mucha más frecuencia las poesías de amor frustrado, o no correspondido, que las que describen situaciones de felicidad. O por lo menos son más logradas. Así que esto le puede llegar a servir para que su producción literaria mejore. Aunque mientras no había problemas también escribía sobre amores difíciles. No sé.

Realmente, me daba pena verla extendida en el sofá, fumando. Sin duda debe sentirse muy mal, pero la imagen que da, para alguien que no está informado de la situación, no es interesante en absoluto: está tirada como siempre mientras escucha a Luis Miguel, nada más que por más tiempo; fuma, sólo que algo más que de costumbre; cuando llaman por teléfono, no atiende inmediatamente sino que lo deja sonar varias veces. Hoy llamaron tres amigas suyas; a las dos primeras me hizo decirles que no estaba. Al tercer llamado me fastidié un poco, porque me imaginé que la escena se repetiría.

—Es Paula. Qué querés que le diga.

—No sé, decíle que no estoy, que salí, o que estoy acostada.

—Definíte: ¿no estás, o saliste, o te dormiste, o te suicidaste?

Se quedó callada un momento, mientras aspiraba el cigarrillo —esas pequeñas demoras que practicaba me irritaban terriblemente— y, sin decir nada, se levantó para atender. Se fue a hablar a su cuarto, cerró la puerta. Estuvo hablando como una hora; en un momento escuché que se reía. Se sentiría mal, pero ni siquiera sabía mantener la escena. Realmente me decepcionó.

Después de cortar, reapareció con la misma cara de nada de antes de atender, dijo algo así como que no la dejaban tranquila, otra vez puso a Luis Miguel —basta, basta de Luis Miguel— y volvió a su posición original en el sillón.

21 de octubre

Caos total: mi hermana no aparece. Ya son las doce de la noche y no hay noticias. La situación en mi casa es insoportable, mejor dicho: mi madre está insoportable. Llamó a todas las amigas de mi hermana, y nada. La última vez que se la vio fue a la salida del colegio. Los datos son escasos. No había hablado con nadie: hoy, dice Paola, en coincidencia con otras/os chica/os, Laura había estado bastante silenciosa. Tuvo prueba de Matemática; cuando salió de la división, no comentó los ejercicios sino que se quedó sola, callada, como ausente. Después, en la puerta, saludó con un gesto a Paola; ésta quiso retenerla pero Laura se perdió en la multitud, en dirección a Plaza de Mayo. No más rastros. Mi madre piensa que debió pasarle algo terrible, que pudo haberla atropellado un auto, que pudieron raptarla y hacerle sólo dios sabe qué cosas, que se desmayó y se partió la cabeza... me extraña que no piense en la posibilidad de un suicidio por la pelea con Abel. Yo no creo que haya sucedido eso pero me parece que es una escena bastante fácil de imaginar.

Lo único que realmente me inquieta un poco es que le haya pasado algo con un auto. Deseé tan fervientemente que el Daihatsu que se lleva regularmente a mis padres hacia la casa de mi tío pierda el control y estalle en mil pedazos que tengo miedo de que, como castigo a mis deseos, el accidente se haya cumplido pero no con mis viejos sino con mi hermana. Sé que es una estupidez suponer algo así, pero no puedo evitar pensar en lo mismo una y otra vez.

Mi madre me reprochó haberme encontrado leyendo, "de lo más tranquilo". Para ella, leer es encerrarse, e ignorar todo lo que pasa alrededor, como si no importara. Después, absurdamente, me dijo que tenía que salir más, estar al sol, con gente, etcétera. Es rarísimo, está perturbada porque mi hermana no está y se le ocurre criticarme que salgo poco. No tiene sentido que intente explicarle nada, pero leer no es encerrarse, no sé, leer no es encerrarse en un cuarto oscuro y silencioso; tampoco es como salir a disfrutar de la luz del día. Leer es caminar por las calles radiantes de sol, y llevar anteojos oscuros para proteger las pupilas dilatadas de quien está acostumbrado a la oscuridad y silencio de un cuarto cerrado. Es no tolerar el silencio de ese cuarto, y salir a la calle, y necesitar un walkman para reemplazar los sonidos de la ciudad.

Tal vez mi hermana haya decidido cambiar de vida, ser otra, tal vez se haya ido para siempre. Ay. Me angustia un poco la idea. La imagino en Brasil, en Río de Janeiro. Trabaja fundamentalmente para turistas americanos. Un día va a liarse con un tipo totalmente distinto de los habituales gordos fofos con camisas de palmeras; será un hombre de unos cuarenta años, dedicado a negocios oscurísimos: tal vez traficante de armas, o de drogas. Ella lo acompañará todo el tiempo: será bella, silenciosa, fiel. Tal vez tan peligrosa como él. Letal. Finalmente morirán asesinados por la CIA, o por otros traficantes.

Estuve pensando qué actitud adoptar si mi hermana no aparece. En el colegio voy a estar serio, voy a hablar poco. Lo notarán y todos se enterarán sin que casi yo hable: "Parece que tiene problemas en la casa. Hace días que la hermana se fue, no se sabe nada de ella", y el rumor irá circulando. Todos me tratarán con cuidado, con cierto respeto. Yo sonreiré tristemente, comprensivo del esfuerzo de los otros por cuidarme.

Mis viejos no quieren que ocupe el teléfono, a la espera del llamado; la verdad es que yo no sé si querría usarlo. Para contarle a Damián fui al locutorio; al final hablamos casi de cualquier cosa menos de mi hermana. Lo llamaría de nuevo, pero tendría que salir nuevamente. En fin. En realidad, una de las cosas que más odio de todo esto es no poder usar el teléfono.

22 de octubre

Estoy tan extrañado por mis reacciones. Me desperté para ir al colegio, y me sentía con una tranquilidad absoluta, hundido en un silencio calmo, protector. Me senté en mi cama y me quedé unos segundos mirando la de mi hermana; lo corriente a esa hora era que estuviese desarmada, pero esta mañana se veía impecable, demasiado prolija. En el comedor, mi madre estaba sentada en un sillón, inclinada hacia adelante, los codos sobre las rodillas, la cabeza sobre las manos. Me puso triste, pero con una tristeza apacible, sin angustia.

Le di un beso, y salí de mi casa, como siempre, a las siete y media. En el colegio estuve más bien callado, cada tanto pensaba en Laura. Curiosamente, no pude fabular nada acerca de qué podía haberle pasado, ayer imaginé todo tipo de historias, pero hoy, pensar en distintas posibilidades, con todo lo interesantes que pudieran ser, me ponía mal: en un momento la vi haciendo autostop en la ruta, tan frágil y tan sola, expuesta a la azarosa buena o mala voluntad de camioneros, policías, fugitivos. Inmediatamente traté de disipar la idea. Más adelante, aluciné con un ovni que se la llevaba para siempre, y casi me pongo a llorar cuando la vi investigada y analizada durante meses, u años, hasta que muriera o enloqueciera, en un laboratorio extraterrestre de pesadilla.

Mientras viajaba hacia el colegio, pensé en qué actitud iba a adoptar; incluso elegí las palabras con las que describiría la situación, imaginé diálogos completos. El hecho es que no conté nada. No tuve nada de ganas de decir nada. Vi a mis compañeros tan ajenos y tan triviales. Es raro, pero, a la vez que me sentía distante, no podía evitar mirarlos con afecto. Y tampoco entiendo mi tranquilidad, mi bienestar, más allá de esos fugaces momentos en que me imaginé posibilidades terribles. Creo que es en las situaciones anormales cuando me siento más seguro, más tranquilo, más libre. En este caso, se había modificado la pesada rutina de mi casa, sabía que no pensaban en mí, no me sentía observado como siempre; todas las miradas se dirigían al espacio de ausencia de mi hermana, y yo me sentí como un prisionero en una isla; por algún motivo, los guardias huyen en un barco, y yo quedo libre, sin posibilidades de salir de la isla pero también sin nadie que me controle.

Volví a casa inmediatamente después de salir del colegio. Abrí la puerta y me di cuenta, antes de que me dijeran nada, de que mi hermana habría aparecido, mi vieja estaba hablando con una vecina, de la pintura del pasillo o alguna intrascendencia por el estilo, pero mostraba una vitalidad exultante.

—Tu hermana apareció. Estuvo diez minutos y se fue a la casa de una amiga. Está loca. Dice que simplemente fue a dormir a un hotel, porque quería estar sola. Hoy fue al colegio.

—¿Está bien?

—Sí. Parece que sí. Tiene un dedo lastimado. Ella me hablaba como si no hubiera pasado nada. Y cuando le pregunté qué le pasó en el dedo, se puso histérica.

—Podría haber avisado.

Mi madre no dijo nada. Me detesté: yo podía entender perfectamente que no llamara, obviamente no es lo mismo una ausencia avisada y programada que algo como lo que ella hizo. Pero no puedo evitar el decir esas frases automáticas que no dicen nada y que a la vez casi siempre son tan jodidas, que supuestamente son lo que el otro quiere escuchar pero que muchas veces, en boca de uno, no resultan creíbles.

Me sentí aliviado, y un poco triste, y un poco defraudado. No sé por qué, pero recordé la sensación de los primeros días después de cada regreso de vacaciones.

23 de octubre

Leí de un tirón *El guardián en el centeno*. Me gustó a pesar de tener que soportar una traducción españolísima, que finalmente también me terminó simpatizando: había palabras como guarros, gilipollas, etcétera, que no sonaban tan mal. La historia me puso totalmente melancólico. Nunca me podría pasar lo que le pasa a ese chico, o nunca me animaría a hacer las mismas cosas. Qué bueno sería tener días en blanco, como robados al tiempo. Irse y que por unos días nadie lo advirtiera, y reaparecer sin que los demás sepan que uno había desaparecido. Para mí eso es absolutamente imposible. Me voy del colegio a mi casa, y estoy en el tiempo libre con compañeros de colegio, o con parientes. El escándalo que produjo mi hermana por una miserable ausencia de unas pocas horas me hace ver que estamos siempre como observados, que no podemos escapar. Quiero tomar un tren y alejarme, y tener encuentros casuales y fugaces con gente desconocida, quiero no tener nada que hacer mañana, ni pasado mañana, ni al día siguiente.

24 de octubre

Conocí la nueva casa de Federico. Dinero, dinero, dinero. El edificio huele a dinero; bueno, en rigor, la calle, el barrio huelen ya a dinero. El hall huele a dinero. Uno llama por el portero eléctrico, preguntan si el hombre de la entrada está ahí, para que abra —obviamente, siempre debe estar ahí—, entonces se ve que el tipo, un gordo feísimo que está derramado sobre una silla demasiado chica para el tamaño del cuerpo, empieza a removerse, y se levanta para abrirme. Me pregunta a dónde voy, le digo, me deja pasar. Me deprimen los guardias de edificios. Cuanto más caro es el edificio, más deprimentes resultan. Me imagino un arquitecto o un decorador diseñando el hall de entrada, con sillones carísimos y entelados carísimos y lámparas y maderas y mármoles carísimos, y el pobre infeliz que tiene que trabajar ahí no tiene otro destino que el de quedar horrible. A veces —era el caso del edificio de Federico— le ponen un uniforme que combine con la decoración de la entrada. Peor: es tan fácil imaginar el fastidio del decorador que sabe que va a haber ahí un tipo que debe ser disimulado de alguna manera, un pobre tipo más o menos viejo, más o menos gordo, inevitablemente más feo y pobre que el entorno. El hecho de hacerle un traje para el caso afirma aún más el contraste, hace más evidente que hubo que resignar, de mala gana, cuestiones estéticas en pos de la seguridad. Me pregunto qué pensarán de estas cosas los que allí trabajan, capaz que hasta están orgullosos de su lugar y de su uniforme y de proteger a los del edificio. Qué despreciables.

Una mujer de unos cincuenta años me abrió la puerta; por un momento pensé que sería la madre de Federico pero enseguida me di cuenta de que no, si ella fuera la madre habría habido un disturbio genético; Federico es todo alto y rubio y de ojos claros y piel blanco-rosácea, y ella no. Me hizo pasar por una cocina que es dos veces mi dormitorio, por el costado de un comedor que es del tamaño de toda mi casa, por unos pasillos demasiado estrechos para la escala del departamento, y aparecí en el cuarto de Federico. Estaba jugando con la computadora. Odio los videojuegos. Me gustan en los locales de videojuegos, pero yo jamás juego en mi casa: me dan una sensación de aburrimiento, de pérdida irreparable de tiempo.

—Tu casa es linda.

Hizo un gesto como que bueno, o como que gracias, o como que puede ser, y se empezó a quejar de tener que leer la novela que nos habían dado. "Es insoportable, insoportable. Leí tres capítulos, y no aguanté más". Después me dijo que ni siquiera contada le había resultado interesante: había ido a su casa una profesora de Literatura, para explicarle subordinadas y contarle el argumento de la novela.

—Mientras me hablaba, me dormía. Ella tenía cara de haber tomado pastillas para dormir, y le miraba la boca y me venía sueño, como si me contagiara con el aliento. Tenía que quedarse dos horas, y a la hora y cuarto le di la plata y le dije que se fuera. Voy a decir al instituto que me manden otra.

Me quedé callado, sin saber muy bien qué decir.

—Además, me parece que no sabe nada.

Miré hacia la ventana. A mí la novela me había encantado. Bueno, me había deprimido un poco, pero el protagonista, Holden Caulfield, me había caído muy bien. Creo que me habría caído mejor si el de Literatura no nos hubiera dado la novela como diciendo esto seguro les va a gustar, es sobre un joven como ustedes, etcétera. A mi hermana también se la dieron, parece que todos los profesores se quieren hacer los modernos dando esa novela, tiene malas palabras, hay sexo, alcohol, de todo. Bueno, de todo no.

—Yo la leí de corrido, pero es cierto, se hace densa.

La puerta del cuarto había quedado abierta, y nos distrajo una aparición alucinatoria: un perro chico, insignificante, tamaño chihuahua aunque no era un chihuahua, con poco pelo. En realidad tenía pelo largo y revuelto, pero muy irregularmente distribuido: en el lomo y en la cabeza se veían zonas de piel descubierta, blancuzca. Pensé que se lo habían cortado de un modo voluntariamente extravagante. El perro —llamémoslo así— nos miró e hizo un sonido lastimero, una especie de quejido tristísimo. Federico le gritó, y el animal se esfumó.

—Viste qué asco ese bicho. Cuando mi vieja lo compró era normal, pero ahora tiene hongos, y se le cae el pelo por partes. Da lástima. El veterinario viene día por medio a verlo y a darle inyecciones, y meterle pastillas en la boca. No lo quiere tocar nadie.

Casi me pongo a llorar. Esos perros siempre me parecieron despreciables. Me imagino que los deben crear por manipulación genética, como esas vacas cuadradas y de ojos tristes, que parecen bolsas de carne. Siempre pienso en cómo habrán sido las vacas originariamente. Al menos, a esas vacas las crearon así para cumplir alguna función, pero esas mascotas estúpidas, mezclas de perro, oso de peluche, puf, rata y juguete taiwanés, son realmente un insulto a la naturaleza. Un perro normal las devoraría de un bocado, aunque después tendría que sobrevivir a la consecuente intoxicación. Qué mundo. A pesar de mi desprecio por esos bichos, o artefactos, la triste existencia de ese perro me deprimió.

Yo estaba pensando en sacar la carpeta de Física, cuando apareció la mujer que me había abierto la puerta. Merienda.

—No vamos a empezar nunca con Física —le dije, mientras ponía azúcar al café con leche—. Más que esto, para empezar tomaría alcohol.

No sé cómo, pero a la media hora, las tazas estaban vacías, las tostadas comidas, y una botella de tía maría —que no sé cómo apareció— había disminuido su contenido en más de medio litro. Un rato después, estábamos frente a los papeles de Física, pero sumergidos en un sopor que hacía inimaginable la posibilidad de resolver un solo ejercicio.

Los efectos del alcohol son, para mí, realmente imprevisibles. Me agarró una locuacidad descontrolada.

—Soy Holden Caulfield. Estoy en un internado, en un colegio top de Nueva York. Me acaban de anunciar que voy a ser expulsado, y te ayudo con Literatura mientras pienso en qué voy a hacer con mi vida de ahora en más. Sólo me interesa leer y que me dejen tranquilo. ¿No crees que este lugar está lleno de jodidos subnormales? El profesor de Historia me recriminó no haber leído una línea de su materia. Es un gilipollas. Menudo imbécil.

Federico se reía, tirado en la alfombra.

—Yo soy... ¿cómo se llama? Soy el amigo. En las materias zafo, y te pido que me ayudes en Literatura. Mientras tanto, me peino y me afeito para salir en secreto con una chica, a pesar de la vigilancia del internado.

—Eres del tipo de personas con una muy alta opinión de sí mismo. Piensas que todo el mundo tiene que ayudarte, y, efectivamente, todos te ayudan. Quién te creés que sos. Quién te crees que eres.

—¿Vas a escribir esa descripción para mí, o no?

—Tú sabes que no. No soy tu sirviente. Pídele a Samantha Eggars que la escriba por ti. Se tiraría de un precipicio si se lo pedís, si se lo pides, ella sólo lamentaría que, si se mata, no podría seguir ayudándote. Y te pido que no uses más mi campera. Me la deformas totalmente.

—La escribirás.

De repente Federico estaba encima de mí, me había hecho una especie de toma, yo intentaba zafar.

Cuando estábamos luchando en la postura más ridícula, Federico se quedó inmóvil. Levanté la cabeza y vi, en el marco de la puerta, a una mujer de unos cuarenta o cincuenta años.

—Hola, mamá.

La mujer no dijo una palabra, y se retiró. Cerró la puerta con alguna violencia.

Federico se puso totalmente serio.

—Bueno, empecemos con Física.

La carpeta de él se había caído, y las hojas estaban medio desparramadas. Acomodamos un poco todo y nos quedamos mirando los papeles como dos estúpidos. Mi cabeza no daba para empezar, bueno, lo de siempre, y la de él, obviamente, tampoco. Pero había que hacer algo. Federico estaba totalmente deprimido. Nunca lo había visto así. Fue evidente que lo afecta más que a mí la presión de sus viejos.

—Yo no puedo sumar uno más uno. Podemos dejar Física por hoy y te hago el trabajo de Literatura.

—¿Qué trabajo? ¿No hablábamos en broma?

—Sí, obvio. Pero realmente hay que hacer un cuestionario.

Saqué las cosas de Literatura, me senté a la computadora y le redacté las respuestas.

—No lo hagas demasiado bien. Se van a dar cuenta de que me copié.

—Siempre se dan cuenta, pero no les importa.

A la media hora, el trabajo estaba listo. Él, durante ese lapso, se quedó dando vueltas, yendo y viniendo. A mí me agarró una concentración salvaje, a pesar de que me dolía un poco la cabeza. Siempre que me siento a escribir en una computadora me concentro muchísimo, el resto del mundo se me desdibuja.

Ver el trabajo terminado le cambió nuevamente el humor. Lo imprimimos y lo leyó por arriba.

26 de octubre

Recorridos de pesadilla por la noche en Buenos Aires, leídos por la noche, en Buenos Aires, encerrado en un cuarto: mi mente circulaba por la ciudad, se metía dentro de los lugares y de las personas más extrañas. Fue abrir un libro y la noche, las personas y los lugares, se abrieron a mi mirada; fue sin duda más intenso que efectivamente caminar por la calle, por la noche, en Buenos Aires: a la mirada directa todo se esconde detrás de disfraces, la literatura puede mirar detrás de ellos.

Anoche no dormí nada. El hecho de saber que no importa estar muy lúcido para ir a gimnasia me permitió leer toda la noche. Además, esos cuentos, oh, justamente esos cuentos. Creo que cualquier persona que no estuvo en Buenos Aires, de noche, alucinaría por conocerla si leyera ese libro.

Los restos nocturnos quedaron actuando en mi cabeza. Salí de mi casa a las siete, todavía no había salido el sol; sentía que podía pasarme absolutamente cualquier cosa, y que nada me sorprendería. Es tan extraño ver a todos con esa cara de dormidos, unidos en un único estado de somnolencia; yo estaba muy cansado pero a la vez terriblemente lúcido. Intenté releer uno de los cuentos que había leído a la noche, sobre una mujer que a partir de cierta edad deja de envejecer, y atraviesa todo este siglo, cambiando de lugar de residencia para que nadie sospeche nada. En un momento, se transforma mágicamente en un hombre.

Siempre me costó leer mientras viajo en colectivo; esta mañana, enseguida me di cuenta de que sería imposible. Cerré el libro y miré hacia afuera: empezaba a amanecer y el sol se reflejaba en los edificios vidriados de Catalinas; éstos recibían una explosión resplandeciente, un incendio grandioso, un caos de luces violentamente rojas, o naranja magma. Sentí que mi alma asimismo se iluminaba, un resplandor de iguales colores recorría internamente mi cuerpo. Tengo tanta vida para dar. Voy a escribir relatos aún más maravillosos que los que leí; amaré apasionadamente, ninguna de las posibilidades de vida me será ajena. Haré las mejores y las peores cosas, mi vida va a emerger en medio de tanta mediocridad. En un mundo plagado de gente agobiada como el más pesado y gris de los días de invierno, mi vida sería un violento resplandor como el que recibían esos edificios vidriados. Tal vez fuera breve como esas luces, que no perduraban más que por unos minutos en la madrugada, que desaparecían sin dejar rastros, y que tal vez muy pocos percibían; del mismo modo en que, entre todos esos tristes seres que llenaban el colectivo, yo era el único sensible a la explosión de luz.

Yo estaba sentado, y sentía que mi alma no cabía en mi cuerpo. Tenía la necesidad de hablar con alguien, pero nadie podría percibirme. A mi lado había un hombre que sin duda trabajaría en el puerto, parecía de cincuenta años pero sin duda tendría muchos menos. Me imaginé que trabajaría desde muy chico, tal vez diez horas diarias, a la intemperie... Me costaba imaginarme mucho más. Uno está acostumbrado a estar entre tan poca gente, entre tan pocos... Pensar que para mí, como para los muchos otros pasajeros que iban de pie, sólo importaba ese hombre porque era previsible que desocuparía el asiento mucho antes que todos los que íbamos hasta Ciudad Universitaria.

Pensar en la posible vida de ese tipo, que tal vez no fuera precisamente envidiable, fue como una grieta por la que pude ver que sin duda existirían millones de modos de vida diferentes al mío, una diversidad fascinante. Yo podría viajar un par de años por el mundo, y viviría muchas de esas posibilidades que, acostumbrados a la rutina de siempre, ni siquiera notamos que existen. Voy a trabajar en un puerto, después en una posada en la costa en Brasil, después cosecharía café en una plantación de Costa Rica, sería empleado de un hotel de mala muerte en Guyana, o de un narcotraficante en Colombia. Me iría a París, viviría de la pintura, de cuadros que malvendería, abandonaré esa ciudad y mis obras inspirarán a una generación de pintores franceses, que harán especulaciones de lo más descabelladas acerca del origen de esos cuadros, apenas sabrán que fueron obra de un oscuro pintor sudamericano. Me voy a instalar en Viena, y viviré con una mujer mayor que abandonaré y que me recordará por siempre. Voy a pasar un tiempo en los más sórdidos lugares del norte de África, lugares para los turistas que van esperando encontrar, y encontrando, las peores y mejores experiencias. Trabajaré en Londres, y recordaré Hyde Park por tener que cruzarla a las seis de la mañana en invierno para ir a mi trabajo, y no por los comentarios triviales de los guías de turismo. Escucharé los comentarios nostálgicos de un hindú con el que compartiré el cuarto de la peor pensión del East End londinense. Mi amigos serán ladrones de poca monta, prostitutas, refugiados políticos un poco perturbados, drogadictos perdidos, inmigrantes ilegales paranoicos ante una posible extradición compulsiva. Londres, quiero estar en Londres. No sé bien por qué, pero me veo allí. En mi habitación, en la oscuridad de la noche, extendido en mi cama, agobiado de cansancio por los trabajos y los días, insomne por un exceso de sueños diurnos, escucharé semidormido los relatos nostálgicos de mi compañero de cuarto hindú, e imaginaré como en un sueño las lentas, turbias, amarronadas aguas del Ganges, que arrastran a los cadáveres purificados por las sagradas aguas. El río en el que abrevan leones magníficos y letales. Un río que baja de las montañas más altas del mundo, a tal punto que los hindúes creen que las nacientes están en el cielo. El río que circula entre la majestuosa vegetación tropical y alimenta a la población más antigua, pobre y sabia del mundo.

Llegué a la Ciudad Universitaria, a la chata, anodina, insípida Ciudad Universitaria, y me costó no salir corriendo no sé hacia adónde. En el medio de la nada, del enorme predio desolado donde debíamos hacer gimnasia, vi a los pocos compañeros míos allí dispersos como silenciosos animales del África descansando en la zona más abierta de la sabana.

Me senté al lado de Damián; él estaba con los anteojos oscuros. Se los pone al salir de la casa, cuando todavía es de noche; no le gusta ver amanecer, los anteojos le permiten ir adaptándose a la luz del día.

—Pensar que podríamos estar durmiendo. Hoy no quiero estar

despierto. O podría estar con los equipos. Anoche empecé algo que me gustó.

Lo imaginé en su cuarto totalmente cerrado, para que no entrara la luz del día. Sólo iluminarían el cuarto los reflejos azulados, violáceos, rojizos del televisor puesto sin sonido en MTV. Él estaría frente a los teclados, tratando de componer uno de esos temas que dormirían a la espera de una banda que los tocara. Pensé que Damián podría hacer ese largo viaje conmigo, su música se alimentaría de todos los sonidos del mundo, del ritmo lento de las aguas del Ganges, de los secretos tambores del Amazonas, de la contundencia del sonido urbano de Nueva York. Y con todo eso haría una música nueva, distinta, sólida y a la vez sutil, personal a pesar de que se alimentó de todos los sonidos del universo. Quise transmitir a Damián todo esto, esto y lo anterior, todo, todo:

—Quiero viajar. No sé. No es posible que nuestra vida sea apenas esto.

No pude hablar más. Quería, tenía que decir más cosas. No era posible que nuestros movimientos estuvieran pautados por, por ejemplo, el inminente silbato del profesor de gimnasia. Quería decir eso, y todo lo anterior, pero cómo, y sentí que se me formaba un nudo en la garganta. Apenas agregué:

—No aguanto más.

—Yo me siento mal, también. No sé. Me siento solo.

Me conmovió tanto. Él usaba un tono neutro, tratando de no dejar mostrar ninguna emoción. Pero yo percibí que estaba desolado. El hecho de que no aparezca la cantante lo pone nervioso, pero en realidad espera que la cantante sea algo más que la cantante.

—Ya va a aparecer alguien. Si tus oídos percibieran todos los sonidos del universo, percibirías sus pasos acercándose hacia vos.

Es increíble cómo lo impactó la frase. Era parte de un cuento que había leído esa noche, y se me había quedado grabada. Parecería demasiado elaborada para resultar eficaz, y sin embargo Damián hizo un gesto como diciendo que era demasiado, y movió la cabeza como perturbado, y, algo nerviosamente, se rió un poco y me agarró del brazo.

La angustia de no poder haber dicho todo lo que había pensado en las últimas horas se desvaneció: tal vez toda mi secreta agitación de esas horas me había dado la sensibilidad para decir lo apropiado en ese momento, de alguna manera justificaba incluso todo lo no dicho.

El resto de la mañana pasó como en un sueño. Ahora estoy realmente cansadísimo, agotado. Presiento que voy a dormir por siglos.

29 de octubre

Estoy cansado. Anoche fui a esa especie de pub y discoteca a la que va cada tanto el grupo de mi hermana; hoy estuve casi todo el día escribiendo; creo que me voy a ir a dormir tempranísimo.

En la disco estuve casi todo el tiempo solo. En un momento, algo aturdido, empecé a alejarme de los parlantes: a medida que caminaba, quería que la distancia fuera cada vez mayor, por lo que finalmente quedé en la otra punta del lugar. En esa zona había muy poca gente: minutos antes, casi todos los que estaban allí se habían acercado al escenario. Quedó un paisaje de vasos de plástico tirados, unos pocos chicos y chicas extendidos sobre los bancos, seguramente pasados de alcohol u otras cosas, y otros pocos de pie. Ninguno hablaba con otro: todos estaban separados, y sin buscar ningún contacto. Me agradó el espacio; sentí que mi lugar estaba allí, entre esas personas desconectadas de todo: desconectados tanto de los músicos como de la música, desconectados unos de otros, y, tal vez, cada uno también estuviera desconectado de sí mismo. Ninguno era observado por otro; los que "observaban" se habían alejado unánimemente para ver a la banda; el único observador, de hecho, tal vez fuera yo. No podían ser observados, y no tenían interés por observar a nadie: eran, definitivamente, la imagen de mayor libertad que yo haya percibido.

Me senté en uno de los bancos. Al lado de mí había una chica a la que, por supuesto, no presté atención ("los desdichados no se reconocen", había leído o escuchado en alguna parte), pero que me obligó a darla por existente en el momento en que pidió fuego. Me sobresalté cuando, al acercar la llama hacia el cigarrillo, vi la cara de mi hermana.

—Pensé que te habías ido.

—Qué raro que vengas conmigo.

—Me senté acá de casualidad.

Me miró con seriedad por un instante, y después se rió un poco. Sentí que no debía aclararle que lo de la "casualidad" no era una broma. Después nos quedamos un rato callados; hacíamos como que mirábamos la zona donde se concentraba la gente.

—Tengo ganas de irme.

Lo dijo en un tono que me entristeció. En ese momento necesité saber qué había hecho en la noche en que no volvió a casa. Se lo pregunté con cautela, como si temiera que se fastidiara, aunque yo sabía que el momento era oportuno. Lo que no imaginaba es que me contaría todo con tantos detalles. Mientras me hablaba, me venían ganas de escribir un cuento con su relato. También pensaba que me gustaría reproducir exactamente todo lo que dijo, aunque sé que eso es imposible. Después de todo, su versión de lo que le había sucedido seguramente no era del todo verdadera; siempre que uno cuenta algo adapta un poco las cosas. Yo nunca pude sentirme totalmente sincero, siempre sentí que distorsionaba los hechos. Estoy empezando a pensar que eso es lo normal, que la sinceridad absoluta es algo bueno como idea pero imposible de cumplir, más allá de que uno la busque. Recién le mostré a mi hermana mi transcripción de su relato; yo supuse que le iban a gustar más las cosas que yo había agregado que las que ella concretamente me contó, pero no fue así. Voy a intentar una versión un poco más fiel, aunque algunas cosas de mi relato no las voy a sacar.

"Ese día yo me había levantado con una tristeza terrible. La noche anterior había estado tratando de llamar a Abel, le dejé mensajes a la madre, a amigos, a todas las personas que yo conocía y que podían tener algún contacto con él. Yo sabía que él no quería verme, y también sabía que con cada llamado lo alejaba un poco más. Pero no podía evitar hacerlo.

"Finalmente, llamó. Pero sólo para decirme que lo dejara en paz, que no llamara a nadie más, que era una maniática insoportable. Todo lo que decía me lastimaba, y sin embargo no me sentía peor en ese momento que en las horas anteriores: al menos escuchaba su voz.

"Yo pensé que esa noche me costaría dormir; sin embargo, me acosté en seguida —era muy temprano, las once, once y media— y me dormí profundamente.

"Me desperté, como siempre, a las siete y cuarto, con una tristeza total. Me imaginaba sentada en la división y la sola idea me ponía muy mal. El mundo parecía tan muerto, todo se veía tan árido, tan sin color.

"Como sabés, fui al colegio, a pesar de todo. Paola, en cuanto me vio, vino hacia mí para que le contara todo. Yo primero estuve evasiva, y finalmente le dije que no quería hablar. Quería estar sola, pensar, estar tranquila. Estaba triste y quería mantenerme así. Sin embargo, en un recreo, me descubrí riéndome como una estúpida con el grupo de compañeras más estúpidas de la división. En medio de la charla, me di cuenta; para colmo, en diagonal a mí, en otro grupo, vi a Paola, que nos estaba mirando. Me sentí tan mal. Yo había perdido al amor de mi vida, no había querido hablar con mi mejor amiga, y ahí estaba, riéndome como una idiota. Me odié. Me odié muchísimo.

"Me di cuenta de que necesitaba hacer algo. Allí lo decidí. Necesitaba poner distancia de todo. Por algún tiempo no vería a nadie conocido. Pensaría en todo lo sucedido. Y escribiría. Podría escribir los versos más tristes esas noches. Escribiría y languidecería por eternidades en el cuarto más triste de la más triste pensión, iluminado sólo por una bombita mortecina, de muy pocos watts. Hasta disolverme en la nada. Quería ser arena que se escurre entre las manos, polvo arrojado al viento: mi cuerpo desaparecería, sería sólo sombra, sombra enamorada.

"Recorrí algunos lugares; algunos hoteles eran tan patéticos que pensé que el esfuerzo para adaptarme me desconcentraría de mi objetivo. Finalmente, cuando estaba un poco harta de la búsqueda, y cansada de tanto caminar, encontré el lugar perfecto. Se trataba del Hotel Lourdes, queda en Callao entre Rivadavia y Bartolomé Mitre. Es una cuadra de todos edificios viejos, viejísimos, terriblemente melancólicos. El cuarto era grande y descuidado: era obvio que había conocido un pasado más próspero, lo que lo hacía todavía más triste. Había un televisor en blanco y negro, que funcionaba bien.

"Tenía hambre y no podía gastar mucho dinero. Compré en una especie de almacén unas latas de esas que se abren sin necesidad de abrelatas, pan y una coca.

"Yo quería estar sola para afrontar mi sufrimiento, y me descubrí entusiasmadísima por la situación. El cambio sobrevino cuando intenté abrir una lata: me corté el dedo, me hice una lastimadura terrible. Me desesperé. Conseguí alcohol y una curita, pero el episodio me había afectado terriblemente.

"Después, intenté escribir. No me salía nada. No me salía nada. Eso me puso peor que lo del tajo.

"Horas después, apareció otro estado de ánimo no previsto: el aburrimiento. Oh, qué horror. Allí estaba, con el dedo lastimado, sin haber escrito ni un verso, y aburrida. Ése, ese momento fue el peor. No hay nada, nada peor que el aburrimiento.

"Finalmente, me enganché a mirar televisión. Así estuve hasta que me vino sueño. Me encantó pedir al conserje que me llamara a las seis y media.

"El mejor momento fue cuando me desperté. Me sentía absolutamente libre. El baño se veía tan maltratado como todo el edificio, pero estaba limpio. Además, entraba el sol. Me sentí tan feliz bañándome con sol. Viste que en casa el baño es una especie de cueva. Tuve que usar uno de esos jabones chiquitos, cuadrados, como con ranuras, y de un olor tipo insecticida; pensé que a partir de ese día usaría esos jabones. En realidad sería más lógico que pusieran un vulgar Palmolive o Lux, no deben ser tanto más caros, pero esos jabones tienen realmente mucha más onda. Me arreglé, y me fui para el colegio. Y eso fue todo. Sé que no sucedió nada extraordinario pero me sentía nueva, diferente. Cuando mis compañeras me vieron llegar, se produjo un estallido alrededor de mí. No conté nada. Recién le conté todo a Paula esa tarde, y a vos ahora."

30 de octubre

Tuve un día extraño. Me siento decepcionado, decepcionado de todo. Leí que *deception*, en inglés, quiere decir engaño, no decepción. Es decir, lo contrario: en español, decepción es más desengaño que engaño. Bueno, en realidad, cuando uno se decepciona, o sea, más o menos, cuando uno se desengaña, recién en ese momento se da cuenta del engaño. O sea que engaño y desengaño es lo mismo. En fin. Me gusta la idea pero creo que no cierra del todo. No creo que pueda convencer a nadie.

Hoy tuve la rara idea de ir caminando solo, por Santa Fe, porque sí. Nunca lo hago, en realidad no me gusta mucho Santa Fe. Fui entrando a las librerías: no me gustan mucho las librerías de Santa Fe, están llenas de libros muy bien editados pero de lo más estúpidos, muchos de autoayuda, o medio políticos. Es raro que encuentre a los autores que yo leo: si están, aparecen en ediciones carísimas. Son, la mayoría, libros "de moda"; a veces creo que lo que me molesta es esos libros prueban que lo que leo, y yo mismo, debemos estar pasados de moda, o fuera de la moda. Obviamente debe estar más de moda una librería cualquiera que la modesta biblioteca de mi casa. Bueno, no debe ser lo mismo estar fuera de la moda que pasado de moda, o sí; debe ser lo mismo, al menos para los que están a la moda. Cuando pregunté, en una librería cerca de Pueyrredón, si tenían algo de los autores que leo, me miraron como si preguntara en un negocio de ropa por un traje egipcio: dicen no, no tenemos nada de eso, pero podrían decir "no, no tenemos ni podemos tener nada de eso, es más, no tenemos por qué escuchar que pregunten por eso". Prefiero las librerías de Corrientes.

Después entré al shopping. Las librerías son como todas las de Santa Fe, o aun peores. Qué se puede esperar de ese shopping. Qué lugar absurdo. No se puede creer la decoración: enormes palmeras de plástico, una música ambiental de terror, unas pantallas orientadoras que en realidad no sirven para nada.

En uno de los pasillos vi a Natalia. Cuando la reconocí, el corazón medio se me paró, me quise acercar para saludarla, pero me detuve al darme cuenta de que estaba con su madre. Lo único que me faltaba, tener que saludar a la madre de Natalia. Algo en la imagen de ellas me perturbó; tal vez el parecido, aunque no sé por qué el parecido me tendría que perturbar. La madre era una mujer muy bien arreglada, flaca, pero con esa cosa poco vital, desabrida, típica de las típicas mujeres mayores que compran cosas en un shopping. No sé si me explico. Quedaba —quedaban— demasiado bien en el shopping. Todo formaba una escena perfecta: las palmeras de plástico, las luces dicroicas, el piso brillante, las vidrieras resplandecientes, la belleza convencional y la soberbia estupidez de vendedoras y clientas. O más bien, la estúpida belleza y la soberbia convencional. Me pregunté qué tenía que ver yo con ese lugar: simplemente, nada. No me gustan los shoppings. Prefiero las calles normales, más sucias, más confusas; lugares donde conviven personas totalmente distintas, y cosas de distintas épocas. Qué parecidas eran Natalia y su madre. Era tan fácil imaginarse que, con el tiempo, Natalia iba a ser exactamente como su madre. Una mujer a la que sólo le interesa comprar cosas en un shopping. O una mujer que queda bien sobre todo en un shopping, una mujer que reluce sobre todo en un shopping. Qué terrible que el lugar donde uno se ve más natural y donde queda mejor sea un shopping. Pensé que con Mariana no pasaría lo mismo. Se vería, allí, un poco como fuera de lugar, hasta sería posible que a ella las soberbias y estúpidas vendedoras no la trataran tan bien como a Natalia. A Natalia le podrían decir: "sos del tipo de personas que nos interesa tener como clientes. Pasá, mirá, probáte esto. Si no comprás nada no importa". A Mariana le pondrían una cara que se podría traducir así: "venís a comprarnos. Obvio, te atendemos, pero no vas a pensar que sos una más de las que viene por acá. Esperamos que compres rápido, que no nos hagas perder el tiempo". Uno de los espejos me hizo sentir que yo no sería tampoco aceptado sino apenas tolerado. Me vi feo, insignificante, pobre, oscuro. Pero qué importa: habría tantos lugares más interesantes en los que yo me vería mejor que allí, lugares en los que, además, me interesaría estar. Un country, supongo, es el equivalente de estos lugares: cerrados, aburridos, "lindos", "puros", sin nada viejo ni feo, sin mezclas de cosas extrañas, sin peligro. Qué horror. Nunca voy a vivir en un country. Bueno, supongo que no debo preocuparme, seguramente tampoco voy a tener la oportunidad de hacerlo. Aunque, tal vez, no me vendría mal dar una imagen un poco más saludable. Tal vez deba ir a un gimnasio. No sé.

Natalia y la madre entraron al negocio; me acerqué con cautela, para mirar sin ser visto. Empezaban a ver ropa. La gestualidad de Natalia tenía un entusiasmo que nunca tuvo en el colegio. Se la veía distendida, cómoda, feliz. El aire de ausencia que en general ella tiene uno puede suponer que se debe a que sueña con una presencia más provechosa en otra parte, por ejemplo, me doy cuenta ahora, en un shopping. Realmente no sé si vale la pena tener aire de ausencia en el colegio para tener aire de presencia en el shopping.

En el momento en que decidí alejarme, irme del shopping, de Natalia, me descubrí una resistencia inesperada a dejar de verla. La saludaría fugazmente, con la mano, como marcando que no me interesa demasiado. Como le había hecho Federico. Aunque, en este caso, su reacción sería distinta: dudo que se pusiera a llorar. Por más imagen de shopping o de country que ella tuviera, nadie podía negar que estuviera hermosa. Es más hermosa que estúpida, eso es seguro. Aunque con el tiempo, tal vez sería más estúpida que hermosa, como era el caso de la madre. Qué hermosa que es. Lo soberbio, pensé, no es su estupidez —no, por favor, Natalia no es estúpida— sino su belleza. Dios mío. Me acerqué a la puerta del negocio: si ella hubiera desviado algo la mirada, me habría percibido. Pero eso no sucedió. Me quedé un par de segundos, hasta que quien miró hacia la puerta fue la vendedora. Di media vuelta y me fui, un poco triste.

1 de noviembre

Tuve que cambiar el mes del almanaque. El cuadro de noviembre no es feo. Hay como dos hombres mirándose, están pintados de color azul, y el fondo es negro.

Me molesta un poco que la imagen sea bastante triste. Hoy es un día hermoso. Quiero caminar por la vereda del sol, sentir que mi cuerpo se entibia. Veo pasar a la gente, tan concentrada en sí misma, pensando quién sabe en qué. Todas caras tan distintas, y sin embargo todas tienen una expresión ensimismada. Es tan difícil darse cuenta de qué les pasa a los demás. Casi nunca entiendo qué les pasa a mis padres, a mi hermana, a mis compañeros, a pesar de que estoy tanto tiempo con ellos. Pero, a veces, miro la cara de un desconocido y automáticamente me imagino cómo se siente, cuáles son sus deseos, aun los que ellos mismos no se animarían a reconocer. Me conmueven esas caras de gente preocupada. No se dan cuenta de que simplemente hay que disfrutar de todo, de los días de sol y de lluvia, del hecho de estar vivos, todos queremos que nos abracen, que nos digan que somos valiosos. Vivir fuera de fase, sensibles a las voces de los que se dirigen a nosotros. Quiero tanto a todo el mundo. Me parece ver a Damián mientras evalúa las ventajas y desventajas de usar los borceguíes viejos o los nuevos. A Federico, jugando en su cuarto frenéticamente con los videojuegos, rodeado de una confusión de papeles. A Gregorio, escuchando atentamente a los profesores porque no encuentra nada más interesante en el resto del mundo. A Mariana la veo salir apurada del taxi para entrar al colegio, cerrando la puerta violentamente, haciendo que el taxista se irrite, y después teniendo que pedir plata para volver en colectivo. A Natalia (oh, Natalia) la veo iluminándolo todo en cualquier parte. A mi hermana, muy concentrada perpetrando uno de sus poemas. A mis padres los veo subir al auto nuevo de mi tío, comentando que sin duda es todavía mejor que el que tenían antes, aunque, si al día siguiente vieran el auto viejo y el nuevo juntos, no sabrían identificar cuál era cuál. Querría en este momento ser un fantasma que recorriera el cielo de Buenos Aires, que pudiera observar a todos sin que éstos lo notaran. Me gustaría tener grabada una secuencia de veinte minutos con imágenes de cada persona que quiero haciendo lo que hace cotidianamente, sin sonido, o con un fondo musical continuo, el mismo durante esos veinte minutos.

2 de noviembre

Un hombre está dentro de una pileta; un televisor encendido es arrojado al agua, se produce una pequeña explosión; el hombre muere electrocutado. El televisor en el que vi la escena me pareció amenazante. Me hizo recordar al sueño de anoche: una mano abría la puerta de mi cuarto, dejaba entrar un ser monstruoso, mezcla de pájaro, perro y animador de televisión, la puerta se cerraba y yo quedaba totalmente expuesto al monstruo. Otra noche soñé que estaba en un cuarto vacío con una mujer con aspecto árabe; ella se transformaba en una especie de pulpo gigante, un conjunto agitado de tentáculos.

No me disgusta tener pesadillas. En realidad, casi todos mis sueños son pesadillas. El otro día me sorprendí cuando comentábamos sueños con chicos de la división: todos decían que la mayoría de los sueños que tenían eran agradables, o normales, y recordaban las ocasionales pesadillas casi con miedo. A mí me encanta recordar mis pesadillas.

A veces me gustaría soñar con Natalia. Puedo estar en el colectivo, en clase, bañándome, almorzando, y me olvido de todo lo que me rodea, y me veo con ella en situaciones de lo más insólitas, pero en mis sueños nunca aparece. De vez en cuando se forma algo parecido a Natalia, pero tirando a pájaro, o a almeja, o a cualquier otra cosa.

Hoy Laura me estuvo contando sus sueños. Me quería morir. Tiene sueños larguísimos, y terriblemente complicados. No puedo evitar aburrirme muchísimo. No termina nunca de contarlos. A la mitad del relato, me pierdo totalmente, y desde allí hasta que termina es la tortura total. Si por lo menos yo apareciera en alguno de esos sueños, todo sería más interesante. Cuando yo le cuento los míos, intento adaptarlos para que ella no se aburra —la incorporo como personaje, o le invento algo que pueda interesarle—, pero de todos modos se impacienta. A veces me doy cuenta de que le cuesta escuchar. Hoy se lo reproché. Yo tengo que soportar que me dé detalles sin ninguna importancia —para peor, a veces creo que censura ciertas partes, las más interesantes—, y a ella le cuesta escuchar mis relatos, que sin duda son mucho más breves y ágiles. La próxima vez que me cuente la voy a cortar. No sé por qué no lo hice antes. Realmente, no sé por qué no lo hice antes. En fin.

Después, me mostró los últimos poemas que escribió. Parece que quiere cambiar de estilo, dice que nunca más escribirá poemas de amor. Ahora el tema es la muerte, el tedio, la falta de futuro, la angustia. Creo que prefiero los poemas anteriores.

Tengo muchísimas ganas de volver a estar con Mariana. No sé por qué me cuesta tanto llamarla. Me siento bien al recordar lo de ayer: me gustó tanto tenerla tan cerca. La mayoría de la gente se ve mejor de lejos que de cerca; el caso de Mariana es exactamente al revés. Sentados en el sofá de mi casa, mirábamos una película que a ella no le interesaba para nada; por momentos me daba cuenta de que no sabía qué hacer. Al final estalló: ella no pensaba pasarse la vida esperando el final de esa película; iba a dar una vuelta, y volvería una hora más tarde, cuando ya hubiera terminado. A mí la película me interesaba pero no tanto, en realidad el problema es que no me cuesta nada concentrarme, aunque lo que mire no sea realmente el tipo de cosas que más me gusta; ver así a Mariana me dio risa, me enterneció un poco verla casi desesperada por esa causa. Finalmente, apagamos el televisor y pusimos música, y nos quedamos en el sillón, silenciosos. Ella se acomodó y quedó con la cabeza al lado de mis piernas. Me gustaba mirarla. Finalmente llegaron mis viejos, y nos fuimos. La acompañé hasta el colectivo; cuando estaba por subir, me abrazó. Oh, Mariana.

7 de noviembre

Hoy hablé con Marcelo. Vino a pedirle algo a mi vieja, la llave de la terraza o de algo así. Aproveché para comentarle de su recital, le dije que la madre me había dicho algo. Empezó a hablar más de lo que era imaginable; temía que dijera "sí, es cierto, falta poco" o algo por el estilo y que se llevara la llave y punto, pero empezó a contar dónde y cuándo era, los problemas de sonido del lugar, etcétera, etcétera, hablamos de bandas, descubrimos que nos gustaban las mismas: mentí horriblemente, no sé por qué, si me escuchara Damián. Me quedé pensando que cuando pasa por el pasillo por la puerta de mi departamento sólo se escuchan: 1) los tangos y melódicos de mi vieja (ay), 2) Luis Miguel, por mi hermana (ay), Cerati, o Melero, o a lo sumo los Babasónicos o Juana la loca, por mí. Pero casi siempre los pongo en mi cuarto, y desde el pasillo de afuera sólo se escucha la música del comedor o de la cocina, esto es, la de mi madre. El otro día, cuando estaba solo con Damián, pusimos unos discos medio rayados de Abba, son tan ridículos y divertidos. Espero que no se hayan escuchado. Marcelo me va a vender entradas, le dije que a lo mejor iba con unos compañeros de colegio, qué cosa, a quién le puedo decir. Siempre ignoré totalmente al grupo medio rockero o heavy o no sé qué de la división, siempre me parecieron un horror, tan poco creíbles, no, ahora no puedo hacerme el sociable e invitarlos a un recital, encima la entrada sale ocho pesos, nadie va a querer ir. A Damián no voy a poder llevarlo ni drogándolo y arrastrándolo. Y a las chicas menos. Aunque podría invitar a Mariana. Sí, sí, es mi salvación, voy a invitar a Mariana. Pero no va a querer, me va a mirar con perplejidad y asombro (¿es lo mismo?) y me va a decir que no, que cree que tiene otra cosa para hacer.

No puedo creer los sinónimos de asombro que tengo en este

estúpido procesador. Admiración, espanto (¿cómo admiración y espanto van a ser los sinónimos de asombro?), estupefacción: esa me suena pero no sabía qué quería decir exactamente, aunque es posible que ahora tampoco lo sepa, ya se ve que el diccionario del procesador no es confiable. En realidad, estupefacción suena como a podrido, a tufo, ya sé, a putrefacción. Hay otros sinónimos pero no me acuerdo.

Mañana le pregunto a Mariana.

8 de noviembre

Horror.

Mariana dijo que sí, que iba al recital. Me preguntó quién más iba a ir, le dije que por ahora no le había dicho nada a nadie, pero que tal vez le dijera a unos amigos que no eran del colegio. Creo que no le gustó nada eso, se puso como seria, me arrepentí de la mentira en cuanto terminé de hablar. Después relativicé lo que antes había dicho: que no, que no estaba seguro, que iríamos en todo caso con ellos y que después no sé. Ella se quedó como pensando y dijo que podríamos avisarles a Iván, a Ramiro, a Sebastián, ay, a todos los del grupo heavy. Dije que sí, sin ningún entusiasmo. En el recreo siguiente, me dijo que ya había arreglado con todos: iríamos todos, todos en dulce montón al recital. Me quiero morir. Qué le digo a Damián.

Yo me asombré de que aceptaran ir a ver la banda de un amigo mío, entonces ella me dijo que no me enojara, pero que les había dicho que eran amigos de ella. Medio no me gustó pero le aseguré que había hecho bien.

9 de noviembre

Lo primero del día: revista sobre ciencias ocultas que misteriosamente llegó a mi casa.

Creo que esa revista me trastornó un poco. No porque yo me

haya tomado en serio lo que leí, al contrario: me sorprendió cómo podían escribirse cosas tan delirantes, y en un tono de lo más serio. Me pregunto si hay gente que lee todo eso y se lo cree. El otro día no sé quién comentaba en el colegio las supersticiones de la gente de campo: aparecidos, ánimas en pena, luz mala. Supongo que esas revistas cumplen la misma función, la de mostrar supersticiones, pero en la ciudad. Algunas notas cuentan historias que serían buenas como argumentos para películas de terror: a una mujer se le murió el hijo hace tiempo, y ahora se le aparece en todas partes: prende el televisor y la imagen se diluye, y por ejemplo, la cara de Mirtha Legrand o Tinelli desaparece para dejar lugar a la borrosa imagen del hijo. Prende la radio y empieza a quedar como fuera de sintonía, y se empieza a escuchar, claro, la voz del hijo. Otras notas eran sobre demonios, exorcismos, y cosas así. Lo mejor era el testimonio de un negro brasileño —mostraban una foto de él, todo gordo y sonriente— que había sido perseguido por un ejército de zombies.

Fui al colegio, y no podía dejar de sentir que todo lo que veía era totalmente absurdo, ridículo, increíble. Tomarse en serio, por ejemplo, al profesor de Física, era como tomarse en serio una nota cualquiera de esa revista. Él hablaba, y hablaba, y hacía números en el pizarrón, y flechas, y letras, y rayas, y mientras tanto hablaba, y hablaba, y todos copiábamos ese cúmulo de insensateces. No sé cuándo nos convencieron de que esas cosas que tenemos que escuchar son tan serias e importantes como para perder en ellas el tiempo que perdemos. En un momento pasó Gregorio a resolver un ejercicio, y cometió un gravísimo error: quiso sacar la raíz de un número negativo, o algo así. Indignación del profesor, sacudida de cabeza como expresión de desaliento infinito. Cómo era posible que Gregorio pretendiera sacar la raíz de un número negativo. Cómo el pizarrón soportaba semejante desatino sin desintegrarse. Yo pensaba que era tan absurdo encontrar una lógica a esa materia, a ese disparate de números, rayas y letras, como a una nota cualquiera de la revista que había leído. Uno se reiría de un tipo que reaccionara indignado al escuchar que un zombie era lo mismo que un extraterrestre;

deberíamos reaccionar de la misma manera ante alguien que se indigna porque confundimos un número natural con un real o con un imaginario.

Por un momento me imaginé a toda la división perseguida por millones de zombies, indignados ante nuestro desconocimiento de la Física. O podía aparecer el fantasma en televisión de Esteban Echeverría, en venganza porque se lo confunde con José Hernández o Sarmiento.

Después Federico y yo vinimos aquí para estudiar Física, oh, Física. Iba a venir también Gregorio; a pesar del terrible error que había cometido, sabe mucho más que nosotros, y esperábamos que nos ayudara. Pero no pudo: avisó a último momento que no consiguió cambiar no sé si el horario del psicólogo o de inglés o de computación. Pero Federico y yo resolvimos que ese día nos quedaríamos hasta comprenderlo todo. Él está nerviosísimo porque los padres no quieren pagarle más los profesores particulares; le dijeron que están hartos de que la casa sea una "escuela paralela"; se enojaron cuando, por un error de horarios, aparecieron simultáneamente en la casa los profesores de Física, Inglés y Geografía.

Bueno, todavía no lo puedo creer, pero realmente estudiamos. Cuando terminamos con el último ejercicio de la guía, yo le comenté que era posible que hubiéramos sido poseídos por el oscuro espíritu de la Física; necesitaríamos un exorcismo, para volver a ser normales, es decir, para volver a ser incapaces de estudiar esa materia. Por un momento, Federico pensó que yo hablaba en serio. Es increíble.

A las nueve, llegó Mariana; yo pensé que no le iba a gustar encontrar a Federico —siempre habla mal de él—, pero estuvo de lo más animada. Más contenta incluso pareció cuando llegó Marcelo, con las entradas en la mano. Me pareció tan absurda la escena: Marcelo, Mariana, Federico y yo en el living de mi casa, todas personas que me cuesta imaginar juntas. Lo que me molestó un poco fue que Mariana le prestaba demasiada atención a Marcelo; después de todo, pensé yo, no se trata de Cerati ni de

Vicentico ni de ninguna hiperestrella. Recordé que Mariana había tenido no sé qué historia con el bajista de no me acuerdo dónde, si los Demonios de Tasmania o los Babasónicos o una banda por el estilo. Salimos de mi casa y fuimos a comer pizza; me sentí todo el tiempo un poco ajeno a ellos. Me pesaba el darme cuenta de que estaba frente a tres personas con las que, a pesar de todo, yo supongo que me gusta estar, y sin embargo me sentía tan distante, incluso un poco incómodo. Me sorprendía viendo cómo Marcelo se reía de los chistes de Federico y viceversa, obviamente se divierten entre ellos mucho más que conmigo. Primero pensé que me sentía mal porque no comprendía qué sucedía; después pensé que casi nadie, nunca, debe entender realmente qué sucede cuando se juntan varias personas, lo importante debe ser, en realidad, que a uno no le importe demasiado entenderlo todo. Creo que me va a costar llegar a ese estado.

Finalmente, el grupo se dispersó: Mariana y Marcelo se quisieron dar los teléfonos; como no tenían en qué anotar, quedaron en obtenerlos a través de mí. Federico tomó un taxi, al que Mariana decidió subir a último momento; Marcelo y yo volvimos al edificio; me preguntó no sé qué de Mariana, que contesté no me acuerdo de qué manera.

10 de noviembre

Mi tío se llevó a mis viejos. Me gustaría tanto vivir solo. Siempre que mi tío pasa a buscarlos imagino la misma escena: el auto pierde el control, chocan, todos mueren, yo debo superar la pérdida. Mi hermana no soporta vivir en esta casa y se muda, con una amiga o un novio. Y yo quedo solo y melancólico. Termino el colegio y me dedico exclusivamente a leer y escribir. Consigo un trabajo de pocas horas, con el que no gano demasiado pero que me alcanza para los gastos básicos de la casa, libros, cigarrillos y pilas para el walkman.

No puedo evitar fantasear siempre con lo mismo. Supongo que alguna vez me iré de esta casa, pero me cuesta imaginarme trabajando para pagar un alquiler o algo así. Las personas que conozco que viven solas, o tienen dinero porque sí, o tienen que trabajar como alemanes de posguerra para mantenerse. Mis padres me anunciaron que debía terminar el colegio y automáticamente conseguir trabajo. Ya me veo en una oficina con gente como mis tíos. Qué terrible debe ser tener que trabajar tanto, todos los días y muchas horas. Por ahí puedo alquilar algo con amigos, pero eso también me cuesta imaginármelo. Y yo no me imagino ganando mucho dinero. Así que sólo me queda un espantoso milagro: esperar que mis viejos se maten. Tal vez deba jugar a la lotería, o al prode, o al loto. Qué horror. Tampoco puedo esperar que mueran de muerte natural: tienen apenas cincuenta, cincuenta y cinco (¿cuántos años tienen?) y están de lo más saludables, tranquilamente pueden vivir veinte años más, o treinta. Tal vez la casa se venga abajo antes de que ellos se mueran.

Cómo me gustaría ir a estudiar a otra parte. Veo las películas norteamericanas, con estudiantes que viven en lugares de estudiantes, cerca o en la universidad, en el campus, sin ver más viejos que los profesores. La mayoría no tiene problemas de dinero, o tienen un ridículo trabajo de pocas horas, mozos en bares de estudiantes, o algo así. Además aparecen todos felices, bronceados, lindos y un poco idiotas, pero eso no debe ser tan así. Tal vez tendría que irme de Buenos Aires. Me gustaría estar en la situación de los que viven en el interior y están obligados, para estudiar, a dejar su casa y mudarse a Buenos Aires.

Quiero pensar en otra cosa.

11 de noviembre

Todos esos videos para devolver, todos esos libros tirados, todos esos compacts desordenados: me pregunto qué haría sin esos videos, sin esos libros, sin esos compacts. No hago más que ver, que mirar, que leer, y siento que todo lo que no está filmado, ni grabado, ni escrito, es nada. Me pregunto cómo puede haber tanta gente que no mira películas, ni lee libros, ni casi escucha música. Tantos compañeros míos, por ejemplo. O mi hermana. Hoy a la tarde vi una película rarísima, ambientada en Londres, y después salí a caminar. Era de noche, había llovido, y los reflejos de las luces del alumbrado sobre la ciudad húmeda le daban a las calles una imagen muy parecida a la del Londres de la película: quiero viajar, conocer otros lugares, vivir apasionadamente, sin temor ni esperanza. Con los libros es distinto: me vienen ganas de estar en lugares que ya no existen, y eso a veces me pone triste, en cambio las películas me hacen sentir que realmente yo puedo vivir de otra manera, con otra gente, en otro lugar. Ay.

Cuando volví de la calle, mi hermana estaba en una pelea con mi madre. Mejor dicho: mi madre se peleaba con mi hermana. Laura tenía cara de nada, el pelo empapado. Después me explicó qué había pasado:

—Volvía del colegio y estaba lloviendo; me puse a caminar sin dirección, por cualquier lado. Me gusta sentir la lluvia en el cuerpo. Caminé muchísimo. Después paró, y vine directamente para acá. Mamá, cuando me vio toda empapada, me hizo un escándalo. No entiende nada.

Me enterneció un poco imaginarme a Laura caminando sola y empapándose; yo, para salir, había esperado que la lluvia parase un poco.

—Cuando venía para acá, me crucé con el chico del tercero. Caminamos juntos un par de cuadras. Me dijo que iba a hacer un recital.

—¿Te dijo que yo iba a ir?

—Sí. Yo voy con Paula y otras chicas. Vamos varias.

Todo empeora. El sábado a la noche, tener que soportar a los chicos del colegio que menos querría ver, y, además, con mi hermana y sus estúpidas amigas de fondo.

12 de noviembre

El sábado empezó con un llamado de Mariana. El teléfono sonó a las diez, yo estaba totalmente dormido. Mi viejo me trajo el teléfono a la cama. Ella dijo que necesitaba hablar con alguien:

—Me deprime estar despierta a esta hora. Mi mamá está tiñéndose el pelo. No sabés, está como envuelta en bolsas de nailon, con la frente manchada de tintura. Está horrible, horrible.

Hizo silencio unos segundos.

—Justo pasó por acá. Ahora se sentó en el living. Prendió el televisor; está mirando un partido de tenis. Qué horror. No te la podés imaginar, con cara de nada, toda violeta, con broches en la cabeza y en los hombros, mirando un partido de tenis.

Me encanta cómo habla Mariana. Casi no me deja hablar, pero me encanta. Me encanta que diga pavadas.

—La mía también debe estar mirando el partido. Creo que escucho...

—Yo nunca voy a ser así. O capaz que sí, que voy a ser así.

—¿Nunca te teñiste el pelo?

—No, bueno, sí, pero no es lo mismo. Por ahí un mechón, pero nada que ver. Aparte, nunca nadie me ve. Antes ella iba a la peluquería, ahora dice que no quiere gastar. Que no tiene dinero. Bah, siempre dice lo mismo.

—La mía también. Todo el tiempo. Quiero verte mientras te teñís un mechón.

—Creo que me voy a hacer uno verde. Vos tenés que raparte. Tengo una máquina.

—...

—No podés estar toda la vida con ese corte ridículo. Tenés el pelo igual a mi viejo. Parece que estás siempre a punto de sacarte una foto carnet.

Ese comentario me inquietó. Cómo me pudo decir algo así. Yo

estaba con la cabeza en la almohada, y sentí que la almohada se avergonzaba del contacto con un pelo como el mío. Me cubrí más.

—La usa mi viejo para la barba. Le queda toda corta, pareja. Debe servir para la cabeza. Yo te rapo.

—Bueno, no sé. Tengo muchas ganas de verte. Por qué no venís a mi casa. Mis viejos están por irse.

Me siento tan incómodo cuando digo esas cosas. Escrito, queda todo en un mismo tono, pero la parte de "tengo muchas ganas de verte, por qué no venís a mi casa" sé que salió medio inaudible, y tartamudeé, o no llegué a tartamudear, pero medio me trabé, en las palabras "ganas" y "venís". Soy un desastre. La frase "mis viejos están por irse" creo que la dije demasiado velozmente.

—Bueno. En un rato salgo.

Tardó muchísimo. Mis viejos se fueron a la una, mi hermana a las dos; Mariana llegó recién a las cuatro. La espera fue insoportable. Pensé que mi tono pusilánime al decirle que viniera la había hecho arrepentirse. Contuve mis ganas de llamarla, no quería parecer un pesado.

Cuando entró, me saludó un poco al descuido. Estaba como con la cabeza en otra parte, seria, rara.

—Traje la máquina.

Me la mostró. Era una vulgar afeitadora eléctrica, pero la vi monstruosa: un artefacto diabólico que podía cortar mucho más que el pelo. Por un momento, me quedé mirando sin saber qué decir. Ella se veía tan decidida que ni se me ocurrió pensar en oponerme. Puse una silla en medio del living, y me senté para que actuara sobre mí.

Los primeros intentos fueron un fracaso: para esa modesta afeitadora, yo tenía demasiado pelo, o lo tenía demasiado largo. No se preocupó: hizo aparecer una tijera, con la que devastó mi cabeza, con bastante rapidez y cierta ansiedad. Después intentó usar otra vez la afeitadora: allí tuvo más éxito.

—Listo. Podés verte.

Cuando me miré al espejo, me dio un escalofrío. Nunca me

había visto así. Sentía que mis orejas se veían inmensas, la cabeza más chica, las cejas más grandes. El pelo me había quedado de apenas un centímetro, o menos. Estaba bastante parejo, yo me imaginaba que me iba a dejar zonas irregulares, y que, por partes, quedaría totalmente pelado. Después de estar un buen rato frente al espejo, me puse a limpiar el piso. Había tanto, tanto pelo tirado, ay, mi pelo.

Pensé en cuál sería la reacción de la gente al verme. Mis viejos. El colegio. Oh, el colegio.

Me quedé nervioso, algo excitado. Mariana, satisfecha como si hubiera cumplido con rapidez y eficiencia una tarea que sin duda había que hacer, fue a poner música. Revolvió bastante; me di cuenta de que no la conformaba nada de lo que encontraba. Finalmente, puso un compact de los Paralamas y se recostó en el sillón. La miré como si hubiera algo que decir y no decíamos, ella miraba el techo; no me gusta cuando calla porque está como ausente. Fui a preparar un café. El silencio seguía; yo estaba concentrado en la preparación del café como si fuera algo importante, mientras mi cabeza estaba en cualquier lado, u ocupada precisamente de mi cabeza.

Fue entonces cuando sentí que era abrazado por detrás. Oh, Mariana. Me la imaginé mirándome desde el sillón, cuando yo suponía que ella estaba algo indiferente, pensando en la nada o quién sabe en qué cosas. Se había acercado a mí sin que yo me diera cuenta. Descubrí que alguien puede estar pensando en uno aun cuando uno cree que está totalmente solo, que no existe para nadie. Mendigamos la atención de alguien en particular, alguien para quien somos nada, y tal vez ignoramos las miradas que nos reconocen. Y fue tan bueno sentir el calor de su cuerpo en mi espalda, y sus brazos que se cruzaban a la altura de mi vientre. Oh, Mariana. Me emocionó tanto que hiciera eso. No sé. Me siento confuso, cómo explicar que me sentí tan bien que casi me pongo a llorar.

Después fuimos a mi cuarto. Por suerte, yo tenía la seguridad de que podríamos estar solos por muchas horas; le agradecí íntimamente a Paula que se llevara a mi hermana, y a mi tío que retirara por ese día a mis padres; les deseé un buen viaje. Nos acostamos; ella me acariciaba la cabeza; me encantaba que me acariciara la cabeza: si hubiera sido posible, se la habría regalado, de alguna manera le pertenecía. Los Paralamas habían terminado y se había formado un silencio que rompió la banda de Marcelo. Eran las seis o siete de la tarde e iba oscureciendo, nunca voy a olvidar este primer encuentro con Mariana, oh, Mariana, me conmovía tener su cara tan cerca de la mía. La gente en general se ve mucho mejor de lejos que muy de cerca, excepto en el cine; Mariana, tan de cerca, se veía tan rara, tan hermosa. Sé que nunca voy a olvidar su cuerpo extendido en mi cama angosta, incómoda; nunca me sentí a la vez tan cómodo, y a la vez tan inseguro, y a la vez tan seguro de que era allí donde debía estar. Después de media hora, no sé, o una hora, ella se levantó; ver su cuerpo alejándose del mío me parecía algo tan extraño, tan extraño como me resultaba ver mi propio cuerpo, o como me resultaba observar el de ella. Un rato después, ella estaba peinándose frente al espejo del comedor; entonces yo la abracé por detrás, me gustaba ver nuestra mutua imagen en el espejo, mis brazos cruzándose en su vientre, su cabeza al lado de mi cabeza rapada.

—Tengo que irme a mi casa, me tengo que cambiar, por ahí pasan los chicos por mi casa, no sé. Nos vemos en el recital a la noche.

Pensé en pedirle que se quedara, pero no lo hice. Ahora me extraña que no me haya pedido que la acompañara, no sé, supongo que ella sabe qué es lo que hay que hacer. Creo que voy a preguntarle a Marcelo si quiere que los acompañe; podría ayudarlos a llevar las cosas. No sé. Solamente sé que me siento tan bien. El mundo puede ser un lugar maravilloso. Mi cabeza pelada no está tan mal; mi casa, después de todo, no es tan horrible. Me gusta escuchar desde aquí cómo ensaya la banda de Marcelo. Y Mariana, oh, Mariana. Creo que voy a llamar a Damián, tendría que contarle. O mejor no. No sé. Por ahora, me voy a bañar, y después subo al tercero.

13 de noviembre

Llegué a la disco a las dos, o dos y media. Era el explorador que estuvo por días atravesando un desierto de piedra y arena, y encuentra una ciudad amurallada, cuyas puertas se abren para dejar ver un maravilloso paisaje de jardines, casas, senderos, fuentes, un conjunto fresco y laborioso. El explorador es enceguecido por el paisaje, como quien vive por meses en la oscuridad y súbitamente recibe un resplandor fuertísimo. Las imágenes esperadas por años son percibidas en un único instante total, entonces uno se da cuenta de que sólo en los sueños todo lo deseado puede agolparse y condensarse en un mismo ámbito; las definidas imágenes se diluyen, y se reconoce la irrealidad de todo lo que era la realidad más perfecta.

Natalia estaba sola, parada contra la barra. La irrealidad fue perfecta; estaba como la había deseado encontrar en todos mis sueños, sola, dejando el espacio perfecto para ser ocupado por mí. Pensé en acercarme; di unos pasos lentos hacia ella; de las sombras se hizo presente la imagen de ese chico que se acercaba y que la abrazaba por la cintura, y que le hablaba al oído, y que la besaba. Me quedé un instante inmóvil, y me rodearon dos brazos; el conocido olor de Mariana cerró mis sentidos, nadie se desplazó y sin embargo la imagen de Natalia y Federico pareció más lejana, más ajena, menos importante.

—Adiviná quién soy.

No necesitaba adivinar nada: pensé que Mariana era demasiado Mariana para confundirla. Tenía demasiado olor a Mariana, una voz totalmente Mariana, una piel muy Mariana. Además, su voz, su olor, su piel, se corresponden demasiado uno a otro, son inseparables. Eso no sucede con Natalia: su olor es independiente de su belleza, su belleza está separada de sus gestos, Lo mismo sucede con su voz: cuando la escucho me cuesta mirarla, sólo puedo percibir una cosa de Natalia a la vez (su imagen, su olor, sus gestos, su voz), y excluir a las demás. Evidentemente, Mariana es más compacta, se percibe de entrada de un modo más completo.

En ese momento, aparecieron Marcelo y los chicos de la banda. Mariana se soltó de mí, y lo saludó con un beso. Me quedé sin saber qué decir; que yo supiera, ellos apenas se habían cruzado una vez, en mi casa. "Ayer lo vi en colectivo —me explicó Mariana, cuando ellos se alejaron para prepararse—. Hablamos un poco".

El tiempo transcurrido entre mi llegada a la disco y el comienzo del recital fue largo y raro. Empecé a tomar apenas llegué, y seguí tomando regularmente, sin mucha noción de cuántos vasos de cerveza pedí en la barra. Cada vez tenía más sed, creo que hubiera preferido tomar gaseosas, pero me gustaba sentir la lenta borrachera de la cerveza, la música parecía escucharse mejor, no me molestaba circular solo por el lugar, a pesar de que había tantos desconocidos y, peor aún, tantos conocidos. No tenía ganas de estar con nadie en particular; en un momento se acercó Federico, y me sentí bien al hablarle con cierta indiferencia. En realidad hablamos bastante, tal vez yo haya sido la única persona que se dio cuenta de mi indiferencia. La que se me perdió de vista fue Mariana, pero eso no me molestó, no tenía ganas de estar mucho con ella; mi vista se perdió por otros lugares. Yo no quería estar con nadie en particular y sin embargo me sentía tan cómodo; lo que me perturbó un poco fue la aparición de mi hermana, eso ya era demasiado. Verla me recuerda cosas que uno querría dejar de lado cuando está en una disco un sábado a las tres de la mañana.

Me iba entonces desplazando por el lugar, estrenando el ejercicio de ir evitando a los conocidos, mientras tomaba cerveza y me entregaba a la música. Tuve breves accesos sentimentales, me imaginé en viejos paisajes de ensueño con Natalia, atravesando el viento sin documentos, sabiendo que la vida con ella no iba a terminar; viviendo una vida apasionada, sin obligaciones, sin mentiras, me pregunté qué ven los otros en mí cuando me ven, lo que parece mentira en mí es en rigor mi verdad: mi verdad objetiva, lo que realmente hago, después de todo —mi ritmo de colegio, familia, etc.— es tantas veces una cárcel de la que querría escaparme, soy mucho más real cuando "miento" que cuando me resigno a describir la realidad en la que por ahora vivo.

En un momento, cuando yo estaba hablando con Federico, y tomando más cerveza —él estaba por irse; Natalia lo esperaba un poco más lejos, ella me saludó con la mano, yo preferí hacer como que no la veía— los chicos de la banda empezaron a prepararse para tocar. Pensé que alucinaba cuando vi a Mariana ayudándolos con las cosas. Hubo un par de contactos entre ella y Marcelo que no me irritaron sino que me dejaron totalmente perplejo. Le pregunté a Federico si estaba viendo lo mismo que yo. Él hizo unos comentarios sarcásticos sobre ella, que supongo que de alguna manera serían acertados pero que de todos modos simplificaban demasiado las cosas. Me sentí tan diferente a él. Bueno, supongo que no tenemos por qué ser parecidos.

Miraba la banda, y a Mariana rondando por allí —juro que me sentía casi indiferente—, cuando, al pasarme casualmente la mano por la cabeza, recordé el momento en que ella me cortó el pelo. Ése fue el único momento verdaderamente triste. Tuve ganas de llorar, pero no llegué a hacerlo, aunque lo hubiera deseado. Fui al baño; la imagen que me dio el espejo chico y sucio no me disgustó. Me sentí extrañamente fuerte. Todos podrían abandonarme, yo seguiría viviendo a pesar de todo, aunque mi vida se separara de la de todo el mundo. Tenía que entender que debía olvidar a los demás. Enfrentar la vida sin temor ni esperanza. Sin temor ni esperanza.

Mientras pedía otra cerveza en la barra, se cortó la música, y empezaron los sonidos que anunciaban que la banda iba a tocar. "Viciosa". Qué nombre horrible. Cómo podía yo haber estado con una chica a la que le encanta el nombre "viciosa" para un grupo. Bueno, pensé, no teníamos por qué ser parecidos. Me encogí de hombros, tratando de que mi cuerpo manifestara que todo me importaba poco, aunque mi estado de ánimo no acompañó demasiado al gesto.

De los parlantes empezó a salir el sonido de la banda. Me sobresalté: era como si se derrumbara un edificio lleno de chatarra, un estrépito impresionante, los gritos de Marcelo y los otros eran las voces de las personas que iban cayendo entre hierros. La música era la celebración de la destrucción y la destrucción misma, Marcelo era la mano que arrojaba la bomba y la bomba misma, yo era un espectador que observaba el espectáculo del desastre, y a la vez el más afectado por el desastre. Súbitamente me sentí más solo que nunca, además, crecía en mí el malestar en la cabeza y el estómago. "Adiviná quién soy", hubiera querido preguntar a alguien, yo no soy adivino, seguramente cualquier otro lo sabría mejor que yo, cualquier persona equivocada está más acertada que quien siente que no sabe nada, cualquier persona está más en lo cierto que quien sabe que no siente nada. Yo no podía sentir nada ante esa música, sólo sentía, o sabía, que eso era un desastre, y sabía que no podía sentir esa música, y mi vida misma, más que como un desastre. Yo, pensaba, no estaba en lo cierto, es decir, yo no tenía hasta entonces certezas, aunque sí empezaba a asomar una: esa música y yo éramos lo mismo. Tal vez fuera un error, pero mejor tener la certeza en algo que puede ser un error que merodear verdades inciertas.

Mis cavilaciones me mareaban: es increíble como la cerveza marea las palabras, cómo las palabras pueden marear más que la cerveza, cómo uno siente que las palabras pueden decir la verdad y la verdad no resulta ser más que una cárcel de palabras, de la que uno no puede salir sin dar un portazo de silencio, como ante una conversación con una persona pesada que uno no puede terminar sino diciendo basta, y punto, basta, y salí a la calle. Caminé unos pocos metros y me senté en el cordón. Necesitaba aire frío, necesitaba que el viento de la calle me atravesara, me limpiara de todo mal. La voz de una chica me pidió fuego, pregunté qué había que incendiar, le propuse hacerlo juntos; la voz que pedía fuego entonces se transformó en una risa que se transformó en una chica que se sentó a mi lado. Hubo después un segundo o minutos de silencio.

—Este lugar es una mierda. Todos estos lugares son una mierda.

Fascinación. Nadie había nunca dicho "mierda" como esa chica. Era una música infinitamente mejor que la que resonaba desde la disco. Hice un esfuerzo para fijar la vista en la dueña de la voz y entonces la reconocí: su cabeza rapada, casi tanto como la mía. No arrastraba ningún equipo de música, como cuando la vi por primera vez en el pasillo de mi edificio, en el confuso grupo que rodeaba a Marcelo. Extendí la mano y toqué su cabeza, que se dejó acariciar; le dije que me encantaba acariciar cabezas como la suya.

—Te podés acariciar la tuya.

—Prefiero que lo hagas vos —le contesté, y sentí que otra vez dejaba que las palabras jugaran demasiado, y entonces la besé.

Ella se dejó besar, y también me besó, dos personas no pueden hablar al mismo tiempo, pensé, pero sí pueden besarse, y casi lo digo, pero estábamos besándonos y, cuando dejamos de hacerlo, no sentía necesidad de decirlo. Sentí que yo, a partir de entonces, desconfiaría de las personas que hablan demasiado.

Nos levantamos y empezamos a caminar juntos, agarrados uno al otro.

—Vivo muy cerca de acá.

—Yo también. Prefiero que vengas a mi casa.

Yo dije lo primero, y ella lo segundo, y fue sin duda mucho mejor que si hubiera sido al revés; estar con ella en la casa fue tan bueno, su casa está tan cerca de la mía y sin embargo es otro planeta, cómo pude atravesar el cosmos casi sin darme cuenta. La noche de su casa fue mucho más confusa y placentera que me parece imposible describirla. Me encantó su asombro de la mañana cuando se enteró —recién en ese momento se lo dije— de que yo era el que vivía dos pisos más abajo que Marcelo, no pudo creer que yo fuera el mismo que ella había cruzado tres o cuatro veces e ignorado. Al rato vine a mi casa, y me dormí, con la sensación de que ese reconocimiento nos separaría, y sin embargo me desperté cuando ella llegó: "no me dejaste tu teléfono", fue lo primero que dijo. Lo segundo fue preguntarme mi nombre, y yo le pregunté el suyo y salimos esta tarde juntos, y estuvimos toda la tarde juntos, y seguimos juntos hasta que volví a mi casa y me bañé y me senté a la computadora. Mañana, el colegio. No puedo creer que exista algo como el colegio. Encima esta semana tengo que estudiar como nunca, me entero de un montón de notas, qué desastre. Bueno, por lo menos, estos días son los últimos; el otro día nos dijeron que las clases, para nosotros, van a terminar el viernes. Me siento bien pero mi cabeza no da para más. Siento que soy capaz de hacer cualquier cosa, de hecho hice cosas de las que no me habría imaginado capaz. En realidad siempre sentí que era capaz de cualquier cosa, pero no que las haría. Lo del sábado. Lo que hicimos hoy. Oh, lo que hicimos hoy. No puedo creer las cosas que he hecho con ella. Pero no tengo fuerzas ahora para escribirlo. Mi cabeza es un revólver que puede dispararse hacia cualquier lado, ella usó mi cabeza como a ese revólver. Fui dócil como un guante, y tan sincero como pude; el abismo —descubrí— es un lugar normal.

Me voy a dormir.

20 de noviembre

Recién ahora me doy cuenta de que en el cuadro de septiembre había una mujer. Yo creía que era totalmente abstracto, o que a lo sumo sugería una naturaleza muerta. Pero no, hay una mujer, y casi obvia; no es como esos juegos en que uno tiene que encontrar formas en una confusión de rayas, sino que la figura está claramente dibujada. Tiene la cabeza sobre un almohadón rojo; yo allí antes no había visto más que un círculo, o, cuanto más, un tomate. Es increíble que no lo haya visto antes.

Aprobé Física. Anoche soñé que en el colegio me informaban que tenía que cursar un año más: habían descubierto me faltaba aprobar varias materias de cuarto. Qué horror. Damián dice que sueña cosas parecidas. Pero bueno, en la realidad, parece que aprobé todo. Esta semana fue una angustia espantosa, la expectativa ante los resultados de cada prueba, los recuperatorios. No puedo creer que haya aprobado todo. Pero todo el tiempo siento que me debo estar olvidando de algo.

Realmente, qué rara fue esta semana. Estoy contento de que

el colegio termina pero siento que me estoy quedando sin nada. Para peor, lo de la rapada. Bueno, por lo menos ayer me contestó el llamado. Pero tener que verla por el pasillo yendo hacia la casa de Marcelo es demasiado. En realidad no fue muy doloroso. Pero me parece que de todos modos es demasiado.

Ayer estuve en la facultad; hubo unas charlas sobre la carrera. Hablaron algunos profesores, y chicos del centro de estudiantes. Los profesores formaban un grupo de lo más extraño; desde un par de viejas locas, la versión culta de las vecinas de mi edificio, hasta tipos no muy jóvenes pero con un aspecto de lo más moderno y un lenguaje extrañísimo que me encantó, y un viejo con bigotes que me hizo recordar a las imágenes de Yrigoyen, o gente de esa época, y al que acabo de encontrar de nuevo en el bar de Defensa y Brasil. Los que estábamos escuchando teníamos más o menos la misma edad, y creo que casi ninguno entendía demasiado de qué se hablaba, aunque poníamos cara de que sí. Creo que me sentí más cómodo que la mayoría. Antes de que empezara la "charla informativa", hablé con algunos de los que allí esperábamos; los profesores llegaron tardísimo pero con una tranquilidad total, como si fueran los dueños absolutos del tiempo propio y ajeno. Por otro lado, llamar a esa situación "charla informativa" es en realidad bastante discutible: la información en sí misma no valió mucho la pena, fue bastante confusa; la mera presencia de los profesores, su aspecto, su modo de hablar, me parece que informaba más de la carrera que lo que concretamente decían.

Cuando terminó la charla, me fui con el grupo con el que había hablado durante la larguísima espera a tomar algo al bar de enfrente, no me acuerdo si se llamaba Platón, o Sócrates, o Aristóteles. Por la edad, la mayoría de esos chicos tranquilamente pueden ser mis compañeros de colegio, y sin embargo me parece absolutamente imposible imaginarlos en un aula del Pellegrini. Creo que estoy contento de que ninguno de los de mi turno siga Letras. Supongo que uno tiene nostalgia de las cosas cuando pasa mucho tiempo después de dejarlas atrás; por ahora, realmente me cuesta imaginar ese estado.

Pensé en hablarles a mis futuros compañeros de los cuentos que escribí y que estoy escribiendo, pero me dio un poco de vergüenza, y finalmente no lo hice. Tuve algunas decepciones, o desengaños: descubrí que no habían leído casi nada de lo que a mí me gustaba; de todas maneras, me encantó conocerlos. Creo que ninguno de ellos tenía nada particular, pero el hecho de estar ahí los hacía distintos, nos hacía distintos. No me cabe la menor duda de eso; aunque no tiene sentido, me parece totalmente obvio. La facultad es otra historia.

Pero lo que más me gustó, y extrañó, fue encontrar, hoy, al viejo de bigotes en el bar frente al parque Lezama. Yo estaba solo, medio desanimado, ya eran como las dos de la mañana; trataba de escribir algo en el anotador, pero no se me ocurría nada. Pasaba de mirar el televisor, a escuchar la música, a seguir los movimientos de un gato que se subía, sin ningún problema, a las mesas de los clientes; hubiera querido que se acercara a la mía. De repente veo, en la calle, a una mujer con piloto —bastante linda, de unos treinta años, pelo lacio, con un aire entre intelectual y doméstico— que mira a través de la ventana, y saluda a alguien; yo sigo su mirada, hacia el interior del bar, y veo al viejo de la facultad saliendo a su encuentro. La actitud de él mostraba sorpresa, afecto, agrado. Hablaron en la vereda, y se fueron, él le cruzó el brazo por los hombros. No sé por qué, pero la escena me emocionó. Por algún motivo, eso me hizo sentir que no me había equivocado con la elección de la carrera, aunque sé que objetivamente eso no tiene sentido. Y creo que también fue lo que me dio ánimos para sentarme a escribir a la computadora; toda esta semana, antes de acostarme, me deprimía hasta mirarla.

Bueno. Qué tarde es. Deben ser más de las cuatro. Debería irme a dormir, pero realmente no tengo ganas de acostarme; siento que si lo hago pierdo una oportunidad, no sé de qué tipo. Qué tristeza. Sí, sin duda, el colegio está pasando, o pasó. La despedida nos la hacen la semana que viene, pero es como que todo terminó, o está terminando. Decir eso me pone un poco triste, aunque esta tristeza debe ser algo muy de esta noche, no sé, me siento extraño. Qué puedo hacer. Salir a la calle de nuevo es demasiado. Me encantaría, por ejemplo, encontrarme con Mariana. Aunque no sé si ella querría verme. Ayer no sé qué le dije de Natalia, y reaccionó como una energúmena. Bien. Mañana la llamo, y punto. Lo importante, supongo, es hacerlo sin ningún temor ni esperanza.

PÓSLOGO LyC

Novela y diario íntimo

¿Qué es una novela? Digamos que se trata —de acuerdo con el diccionario— del relato en prosa de un suceso interesante, total o parcialmente inventado; un género literario que presenta una serie de características más o menos estables: ciertos personajes de los cuales uno o dos suelen destacarse y ocupar el primer plano de la intriga, una línea de acción fuerte que en muchos casos puede ramificarse en otras menores y adyacentes, una dimensión descriptiva que de manera más informativa o simbólica se integra como marco a las acciones que se cuentan, una perspectiva de narración que puede oscilar desde las alturas de la omnisciencia a las percepciones de un personaje particular...

Por supuesto, se trata de una simplificación; todos sabemos que el panorama real que ofrece el género novela es bastante más rico y complejo que el arriba enunciado, y que, en tanto se trata de un género vivo, está habitado por múltiples especies, muy diferentes entre sí. Pero bueno, permítasenos esta acotada y pobre definición como punto de partida.

¿Y un diario? ¿Qué es un diario íntimo? Se trata de un relato cronológico que da cuenta pormenorizadamente, día por día, de la vida de su dueño. Tiene la particularidad de que se trata de un tipo de mensaje en el cual el emisor y el receptor coinciden, puesto que uno escribe un diario para sí mismo. Además carece de cualquier tipo de límites: no hay un momento preciso en el cual un diario íntimo comienza y su extensión y punto final son absolutamente impredecibles; por esta cuestión, hay quienes sostienen que, de hecho, un diario no puede ser considerado texto, en tanto y en cuanto los límites, es decir, el conjunto de marcas que nos indican cuando un conjunto lingüístico comienza y termina, constituyen un marco imprescindible para ingresar a cualquier fenómeno de sentido.

Ahora bien, un diario no es texto de ficción como la novela; un diario no cuenta hechos inventados sino verdaderos. Que muchos diarios, como por ejemplo los de Franz Kafka, se puedan considerar hoy dentro del universo de la literatura depende de la figura y la fuerza del autor y de consideraciones temáticas y estilísticas, pero no del género en sí. Esto es así aunque, curiosamente, el diario íntimo, al igual que las cartas, puedan ser percibidos como antecedentes de la novela, en tanto formas privilegiadas que, allá por los siglos XVII y XVIII, posibilitaron comenzar a plasmar la dimensión de la interioridad que un poco más tarde la novela se encargaría de desarrollar en una dirección determinada.

La novela como diario íntimo

Pero ¿qué sucede cuando una novela se presenta como diario íntimo? Esto es justo lo que sucede con *Hojas de la noche*, y lo que ocurre es que nos encontramos con una fábula que "falsea" los protocolos de lectura propios del diario a la vez que se alimenta de sus potencialidades expresivas. ¿Cómo lo hace? A partir de un recurso simple: el de volver pública una escritura secreta; así, en esa exposición inmediata de la interioridad del personaje-narrador (es decir, el autor del diario) se produce un máximo de estilo expresivo y emotividad: una suerte de primera persona llevada hasta sus últimas consecuencias narrativas, por un lado, y por el otro el acercamiento instantáneo del lector, que se transforma en testigo privilegiado y cómplice de tal efusión emotiva.

Es decir, una ficción que juega a no serlo, disfrazada con las formas de un relato cuasi testimonial.

La primera cuestión a tener en cuenta, en este sentido, se relaciona con los límites. *Hojas de la noche* no tiene un verdadero comienzo. Que el lector se encuentre en su primera página con un "1 de septiembre" es absolutamente arbitrario y casual; en la lectura posterior podrá comprobar que el ejercicio de la escritura viene de antes y con absoluta imprecisión. Así, las fechas que se suceden generan un fenómeno particular: parecen, en superficie, brindar precisión temporal, cuando en verdad son la prueba del más absoluto desorden. Y en este sentido también resulta impertinente pensar el texto a partir de la ecuación introducción-nudo-desenlace, o sus sucedáneos estructuralistas, por el sencillo hecho de que aquí prácticamente no hay un desarrollo de acciones.

No obstante, y para matizar la anterior observación, sí se puede especular con que *Hojas de la noche* de algún modo ofrece un final, que está relacionado con el cierre de un ciclo vital: la adolescencia, a partir del término del colegio secundario, una aventura sentimental, los nuevos ámbitos y vínculos que —se puede prever— trae consigo la vida universitaria. Desde esta perspectiva el texto posibilita reconocer como apoyatura un género tradicional: la novela de iniciación. Una tradición mayor que, en lo que respecta a la literatura contemporánea, tendría una "traducción" en el subgénero novela adolescente, del cual *El guardián en el centeno*, del novelista estadounidense Jerome Salinger, que no casualmente aparece citada en *Hojas de la noche*, ofrece un reconocido paradigma.

Un relato confesional

La primera persona que narra el diario tiñe todos los sucesos de la más absoluta subjetividad; *Hojas de la noche* pone en primer plano la interioridad, los gustos y los deseos del narrador protagonista y carga el conjunto de la narración con los tintes de la expresividad y lo emotivo.

Se suceden fórmulas del tipo:

el estúpido profesor de literatura. O cualquiera. La odio;
qué mujer horripilante;
oh, no, Física, no leí nada;
no lo puedo creer;
qué vida, no aguanto más;
confusión. Caos. Desconcierto;

y decenas de etcéteras por el estilo. Hay un tono exclamativo permanente, un estallido de interjecciones y ese "qué horror" que da comienzo a la novela y luego se multiplica como una especie de estribillo que marca el ritmo de la narración, que es el de las fobias del narrador-protagonista.

Un personaje que aparece siempre descolocado, en una mayor o menor medida, con respecto a cada uno de los ámbitos que transita. Este extrañamiento, podría leerse, quizás sea la metáfora de base a la que *Hojas de la noche* recurre para caracterizar al adolescente.

En determinados momentos esa dislocación trata lugares menores, como el shopping en el cual se topa con la chica de la que dice estar enamorado o el recital al que concurre con amigos y vecinos; en otros, esos ámbitos son instituciones fuertes, como la escuela y la familia, o las formas recurrentes del odio generacional:

Más viejos en el edificio. En fin. No hay esperanzas;

pero en todos los casos se enciende en el protagonista un sentimiento de no pertenencia y, extensivamente, una necesidad de apartamiento.

La soledad es el hábitat natural de *Hojas de la noche*; la

soledad de la noche, el tiempo de la escritura del diario personal que el relato trabaja también en cierto sentido irónico en relación con cierto estereotipo de escritor romántico, bohemio y "maldito".

La misma flexión irónica que adquiere el relato cuando, por ejemplo, para describir los sentimientos del protagonista por Natalia, su amada perfecta, recurre a indisimulados clisés del lenguaje romántico-sentimental:

> Ella nunca, nunca me va a registrar. Nunca se va a dar cuenta de que existo. Tengo tanto amor para dar, oh, Natalia. Quisiera morir. Me imagino extendido en un frío y oscuro ataúd...;

como si a través del sarcasmo la novela intentara incluso reflexionar sobre el carácter amaneradamente hiperbólico del género en que se inscribe, y establecer frente a él la prudente distancia de la ironía. Es decir, delatarlo como una pura ficción.

Un relato generacional (discos, películas y libros)

Y es precisamente en este punto, a partir de esta distancia, cuando se podría dar vuelta como un guante el relato para mostrar cómo esa subjetividad efusiva y plena que domina el conjunto es en realidad también otra cosa. Esa interioridad inefable y única en su emotividad a poco andar se va a develar como una construcción cultural y colectiva, un exterior social. La novela no perderá su adjetivo de "adolescente" o "juvenil", pero ahora éste pasará a indicar un fenómeno generacional, que se recorta a partir de un conjunto de consumos específicos. Los variados tonos y géneros que recorre *Hojas de la noche* se vinculan con ese repertorio.

a) Rock

En primer lugar la cultura rock, que sirve para otorgar una determinada identidad al personaje en diversos sentidos. Por ejemplo, una obvia identidad generacional frente a sus padres. El narrador puede incluso deponer o postergar su gusto particular en función de esta inscripción etaria:

> A mí tampoco me gustaban los sonidos de la banda que estaba musicalizando la escena con mi madre, pero realmente no me daba para solidalizarme con ella, hubiera sido lo último; para mi vieja, desde Elvis Presley, toda la música es igual: los Beatles, Kiss, Soda Stéreo, Michael Jackson, Calamaro, Megadeth, Sting, Dos Minutos, todo es lo mismo. En su época ella sólo escucharía a Palito Ortega o Serrat o boleros o cosas así.

También una identidad sexual frente a la hermana y sus amigas, o a los proyectos de novias de sus amigos, que parecen vivir sus peripecias amorosas sobre la base imaginaria de las canciones sentimentales a la Luis Miguel o George Michael:

> (Damián) una vez habló con una de ellas y casi se muere de la emoción cuando se enteró de que cantaba, pero parece que le gustaban los melódicos tipo Luis Miguel, y que estaba en una banda de blues. Lo comprendí, es un horror, claro, qué se podía esperar de alguien a quien le gustan los blues y la música melódica.

Frente a ellas el narrador prefiere otro modelo de identificación, más acorde con las míticas proporciones rockeras del "recital":

> Eran cuatro. Los cuatro estaban totalmente vestidos de negro. Eran cuatro pero parecían veintisiete; caminaban rotundamente, y cada uno con algún instrumento distinto: guitarras, bajos, partes de batería. [...] Al lado

de ellos sentía mi cuerpo insignificante. [...] Me los imaginé en el recital, en el escenario en que habrían aparecido a las cuatro de la mañana, mientras yo dormía estúpidamente. Estarían gloriosos sobre el escenario; debajo, un grupo de cuarenta chicos miraría con atención indiferente, perdidos entre la cerveza y la marihuana. Me imaginé uno más entre ellos, el pelo largo, sentado en un rincón tomando cerveza; una chica como la rapada, recostada sobre mí, me acercaba un cigarrillo a los labios, mientras escuchábamos sin escuchar a la banda.

El rock se presenta, entonces, como un disparador de estereotipos que alimentan conductas, jergas y gestos, como esa "actitud indiferente" con la que se asiste a clases, se vaga por las calles de la ciudad o se contempla a los otros. Aunque se trata de una cultura que conoce las distinciones, lo cual no se hace sino multiplicar su riqueza y efectividad.

El gusto individual se construye en virtud de ese diferencia. El protagonista tiene sus "propios" ídolos rockeros (Andrés Calamaro, Soda Stéreo, Daniel Melero, los Babasónicos) que contrastan muchas veces con los de sus compañeros y vecinos. Es, en este caso también, en los otros donde el estereotipo puede ser advertido:

> No sólo mi vecina no es la rapada, sino que además es novia de uno de esos chicos de remeras semidestruidas y mal aliento. Seguro que él canta y hace, además, las letras de la banda, entre testimoniales y desastrosas, tipo Dos Minutos.

Finalmente, la cultura rock no sólo sirve para construir identidades a través del trazado de diferencias generacionales, sexuales e incluso dentro del mismo grupo, sino que también proporciona algunos de los materiales no sólo temáticos (como los videoclips), sino específicamente lingüísticos que aparecen en

111

Hojas de la noche de manera directa y fácil reconocimiento en la lectura, es decir como cita, o parcialmente estilizados:

> Quiero ser el único que te muerda la boca, quiero saber que la vida contigo no va a terminar;

Los hombres alados prefieren la noche.

b) Cine

El rock, en primer lugar, pero también el cine. El cine que el narrador y, a veces, sus amigos consumen desde el video hogareño, de manera privada, casi clandestina, y donde las historias que verdaderamente impactan luego salen de la pantalla y acompañan al personaje en su derrotero y tiñen sus experiencias:

> Seguimos hablando de *Blade runner* durante toda la caminata. [...] Mientras intentábamos atravesar Lavalle, nos dimos cuenta de que ésa era la calle más *Blade runner* de Buenos Aires. Mucha, muchísima gente. Las luces de los locales, de todos colores, daban una atmósfera de lo más cinematográfica...

Las películas de ciencia-ficción y las de terror, especialmente, son las que ocupan el primer lugar; los Freddy de dedos afilados y los Jason de *Martes 13* retornan luego en las propias ensoñaciones del narrador cumpliendo un uso preciso: el de despanzurrar a quienes odia o salvar heroicamente a quienes ama.

c) Literatura

La literatura también ocupa un lugar importante. A partir de citas y comentarios precisos, como ocurre con Herman Melville y su *Bartleby, el escribiente*, *La ciudad y los perros* de Mario Vargas Llosa o el ya mencionado *El guardián en el centeno* de J. Salinger, pero sobre todo a través de los diversos recursos y formas genéricas que desfilan a lo largo de la novela.

Desde los clisés estereotipados para describir una escena amorosa que parecen calcados del folletín sentimental, como ya se marcó al comienzo:

> Grita y nadie escucha su voz. Cuando empieza a ganarla la desesperación, gira sobre sí para correr en dirección contraria a la que llevaba, y aparezco yo. Me abraza y yo la rodeo a su vez en un abrazo amplio, cálido, protector, oh, Natalia. Haríamos el amor lenta, apasionada, interminablemente. Después, se queda dormida sobre la gramilla...

pasando por las almibaradamente predecibles poesías de amor de su hermana ("Las letras de las canciones de Luis Miguel, son, al lado de lo de mi hermana, la sobriedad absoluta.") hasta llegar a ciertas convenciones de la escritura teatral para narrar una inquietante cena con la familia. Del mismo modo, este oscilación entre diferentes géneros y tipos de discursos es la que determina esa rara mezcla lingüística que alimenta este relato, que por momentos se inclina hacia la jerga juvenil, aunque rehúye la tentación de una suerte de recreación "realista" de ella, y en otros mezcla cultismos o formas especializadas, además de, cada tanto, insertar algún tipo de reflexión sobre el lenguaje.

Así, *Hojas de la noche* no es otra cosa, en definitiva y como síntesis, que la reproducción a escala de la habitación del narrador-protagonista, allí donde el procesador de textos va dando vida durante la noche al diario íntimo, allí donde, alrededor de su cabeza, sus ojos y su alma ("Soy un fantasma, un ser sin cuerpo sólo sensible a la música y a la oscuridad.") flotan y fascinan los objetos que se hacinan sobre los muebles, el piso y la biblioteca, y describen a la juventud como cultura:

> Todos esos videos para devolver, todos esos libros tirados, todos esos compacts desordenados: me pregunto qué sería de mí sin esos videos, sin esos libros,

sin esos compacts. No hago más que ver, que mirar, que leer, y siento que todo lo que no está filmado, ni grabado, ni escrito, es nada.

PROPUESTAS DE TRABAJO

Todas las sugerencias que siguen, tanto para el trabajo en el aula como fuera de ella, intentan explotar el conjunto de posibilidades narrativas que *Hojas de la noche* permite entrever. Son propuestas de trabajo, entonces, que privilegian la labor con diversos géneros discursivos (carta, diario, etc.), con sus mezclas y posibles "traducciones"; los modos subjetivizados u objetivos de relatar una escena o contar una historia más compleja y desarrollada; el uso del diálogo o los diferentes modos de la descripción; las perspectivas de narración. Como ya se dijo, se trata de sugerencias, que se podrán reproducir en cantidades directamente proporcionales en número a la imaginación, la creatividad y las ganas de los lectores. Frente a tal multiplicidad estas consignas se contentan con servir de guía.

Para facilitar el juego que va del texto a las propuestas de trabajo que de él surgen, las mismas se articulan con las fechas que organizan el diario y sirven de ejemplo para los trabajos a realizar. De paso, conducirán a una pausada relectura de la novela.

1. *La crónica de un recital*

El ejercicio es simple y puede ser trabajado por grupos de alumnos. Consiste sencillamente en ir a un recital y luego narrar el evento como si se tratara de la cobertura periodística que cualquier revista o suplemento juvenil dedica a los conciertos de rock. El informe deberá consignar ciertas informaciones básicas (dónde se realizó, quién o quiénes fueron los solistas o bandas que se presentaron, cantidad de público, etc.). A los fines de la ejercitación la atención no estará centrada especialmente en lo que sucede sobre el escenario — por esta vez no interesa la calidad del espectáculo— sino debajo, entre los entusiasmados concurrentes. Se trata de caracterizar a las diversas tribus juveniles que forman parte de la audiencia: sus modos de vestir, la manera en que bailan, su comportamiento general. Al respecto se puede confrontar el diario de los días 20 de septiembre, 29 de octubre y 9 de noviembre, y, por supuesto, la propia experiencia.

2. *Viaje por un shopping*
Esta propuesta también puede ser realizada en grupos. Consiste en elegir un shopping no demasiado alejado del colegio y dedicar una tarde a pasear por sus instalaciones. Cuanto más grande sea el shopping, mejor. Eso sí, los estudiantes deberán ir con un cuaderno en mano porque de lo que se trata es de narrar ese paseo como si fuera una aventura exótica. Así como los libros y las películas de piratas y aventureros nos han enseñado a maravillarnos con continentes rebosantes de flora, fauna y paisajes desconocidos, del mismo modo, con esos ojos que miran por primera vez, se deberá contar el vagabundeo por escaleras mecánicas, estacionamientos repletos, paneles de acrílico, adornos de metal y laberínticas instalaciones. En este caso habría que revisar el fragmento correspondiente al 30 de octubre.

3. *Una historia de amor*
Entre otras muchas, las anotaciones del diario del 4 de septiembre nos muestran cómo el protagonista imagina su romance con la añorada Natalia a través de una conocida canción de

Vértigo de videoclip.

Andrés Calamaro y su grupo Los Rodríguez, "Sin documentos". Pues bien, siguiendo este ejemplo intentarán escribir una historia de amor en cuya redacción aparezcan correctamente intercaladas citas provenientes de diferentes canciones, que tanto pueden plantear encuentro y felicidad, como añoranza y separación. Cada alumno leerá después su redacción al resto, quienes tendrán a su cargo tanto reconocer las canciones utilizadas para su trabajo como juzgar si su utilización ha sido adecuada.

Para ampliar la ejercitación se podrían llevar a la clase siguiente las letras y melodías en cuestión para confrontar cómo funcionaban los versos citados en su contexto original y qué transformación sufrieron al ser desgajados e integrados a las respectivas composiciones escritas. Alguno o algunos arriesgados pueden hacer el intento de crear música nueva para esas historias nuevas.

4. *Un vecino indeseable*

El 5 de septiembre el diario se detiene en "la vieja del B" a la que el protagonista juzga verdaderamente "horripilante". Este ejercicio plantea, entonces, el retrato de un vecino indeseable, ese niño, joven o viejo, varón o mujer, más o menos verdadero, más o menos imaginario, que se juzga insoportable. Los alumnos harán una descripción de él mismo y consignarán aquellas costumbres y conductas que tan malamente caracterizan al vecino elegido. El escrito estará acompañado por una caricatura del personaje en cuestión.

5. *Una de terror*

Varias veces a lo largo de la novela —como sucede por ejemplo el 6 de septiembre— se cuentan películas de terror, por lo general malísimas. Imitando esa fascinación del joven protagonista por el horror, el alumno narrará por escrito una película de terror. Los títulos con letras tamaño catástrofe y muchos signos de admiración que acompañarán la entrega podrán ser diseñados con la computadora o recortando y pegando de diarios y revistas.

6. ¡Qué novela densa!

Con esta calificativo el protagonista se refiere, el 10 de septiembre, a un libro del novelista peruano Mario Vargas Llosa, *La ciudad y los perros*. Seguramente todos alguna vez nos hemos topado con algún libro que, de una manera u otra, nos ha producido un agobio semejante. Los alumnos contarán oralmente y a su turno qué novela o cuento les ha causado una sensación semejante. Eso sí, tendrán que ser capaces de explicar esa sensación. Que nadie se asuste si tal libro ha caído en sus manos por imposición o por sugerencia del profesor: en ese caso el ejercicio dejará todavía más tela para cortar.

7. Documental humorístico

Una cantidad de programas de la televisión y hasta canales enteros del cable están dedicados a la transmisión de documentales del más diverso tipo. Aquí se trata de elegir uno de ellos pero para narrarlo humorísticamente. Como ejemplo tienen el comienzo del día 16 de septiembre a partir de Jacques Costeau. Para que el informe parezca en serio irá acompañado de cuadros o ilustraciones que los alumnos prolijamente inventarán para convencernos de, por ejemplo, "una especie desconocida acaba de ser detectada en la Reserva Ecológica de la Ciudad de Buenos Aires. Se trata de...".

8. Comiendo en familia

El 24 de septiembre el diario narra una comida con parientes desde la aterrada perspectiva del protagonista. La propuesta es que los alumnos narren un almuerzo o cena familiar de su propia cosecha. Son particularmente recomendables los encuentros de fin de año, porque suelen ser multitudinarios y allí no falta nadie. La visión, claro, no tiene por qué ser aterradora.

9. *Paisajes*

El 1 de octubre y a partir de un calendario se describe una lámina que baña los colores marrón, verde y azul con una carga simbólica, y los convierte en algo "tibio, protegido". Este ejercicio propone realizar la descripción de algún paisaje —no necesariamente natural— pero donde las informaciones que se vayan sumando adquieran una carga metafórica particular que permita ir descubriendo un determinado estado de ánimo en quien realiza la descripción.

10. *Una charla amena*

El 5 de octubre el protagonista menciona con desagrado una conversación que ha tenido con el novio de su hermana, un "técnico en musculación". Se trata de reponer el conjunto de ese diálogo para lo cual, por supuesto, primero hay que situar al narrador y su cuñado en algún ámbito particular (el living de la casa, por ejemplo). Es importante para realizar el ejercicio repasar previamente las pautas gráficas que caracterizan al diálogo (uso de guiones, etc.).

11. *Mi mejor y mi peor día*

Siguiendo el ejemplo del 6 de octubre de *Hojas de la noche*, redactar a la manera de un diario íntimo el mejor y el peor día de la semana escolar.

12. *Léxico de palabras horribles*

A imagen y semejanza de como lo hace el protagonista ese mismo 6 de octubre ("Santiago es simplemente un baboso —qué palabra horrible, pero bueno, fue la que usó él—...") confeccionar un listado de palabras horribles. La lista deberá contener por lo menos diez ejemplos ordenados alfabéticamente y después de cada uno de ellos, y a la manera de las definiciones de un diccionario, se colocarán dos puntos y se explicará el porqué de ese rechazo.

13. *La vida es un videojuego*

a-Narrar pormenorizadamente (es decir, anotando personajes, situaciones, ambientación, etc.) un videojuego.

b-Narrar el fin de semana como si se tratara de un videojuego, con sus diferentes pantallas, pasaje triunfal de un nivel a otro, sorteo de obstáculos, etc.

Confrontar al respecto el diario del 12 de octubre.

14. *Vértigo de videoclip*

El videoclip es una forma cultural relativamente novedosa, que ha ganado una gran popularidad entre los jóvenes y ha logrado capturar canales de televisión enteros, como la MTV. La particularidad que el videoclip trae consigo es la de una narración entrecortada —"tartamuda", se podría decir—, que no sigue la disposición lineal y cronológica simple del relato tradicional, y que, por otra parte, se presenta como circular, en tanto y en cuanto vuelve una y otra vez sobre cierta escena, motivo o personaje inicial. Esta última característica convierte al videoclip en un pequeño relato muy repetitivo, puesto que cuenta lo mismo varias veces, desde el mismo punto de vista o apenas desplazándolo.

a-Narrar el videoclip musical preferido, tratando de reproducir en el relato la fragmentación, repetición y circularidad que son norma del género.

b-Narrar a la manera de un videoclip alguna problemática escena de vida cotidiana.

Confrontar al respecto el diario del 9 de octubre.

15. *Dinero, dinero, dinero*

Como hace el protagonista en un fragmento del 24 de octubre, describir el barrio y la casa de alguien de buena condición social y económica. El ejercicio se repetirá para un sector social medio y otro humilde. En todos los casos las descripciones deberán brindar una imagen de quienes habitan el lugar pero sin mencionarlos directamente.

16. *Recorrido de pesadilla*

El 26 de octubre nuestro protagonista emprende lo que el califica como "recorrido de pesadilla por la noche de Buenos Aires". El ejercicio consiste, precisamente, en narrar por escrito esa experiencia. A continuación o como opción los alumnos podrán desarrollar la consigna complementaria, es decir, un viaje de ensueño por la ciudad. En los dos casos los textos deben ofrecer las informaciones que permitan situar ese pequeño viaje urbano.

Finalmente, los estudiantes contarán oralmente y por turno cómo creen (o saben) que son otras grandes ciudades (Londres, Nueva York, París, Roma, etc.), y se debatirá en torno a sus parecidos y diferencias con Buenos Aires u otras grandes ciudades argentinas.

17. *Diálogo romántico*

Desarrollar por escrito el naciente diálogo romántico entre dos jóvenes que recién se conocen. Como introducción se deberá situar a los personajes en un contexto espacial y temporal determinado y describirlos. Vaya como ejemplo el texto del día 29 de octubre.

18. *Autorretrato*

¿Cómo se ve uno mismo en el espejo? Se trata de confeccionar un autorretrato por escrito, a la manera del que esboza el protagonista el 20 de octubre.

19. *Una de ciencia ficción*

Escribir un breve cuento de ciencia ficción, como cuenta el protagonista de *Hojas de la noche* el 2 de octubre. Los cuentos después serán leídos en clase y sus autores explicarán el modo en que ese ejercicio de prospectiva se relaciona con la actualidad.

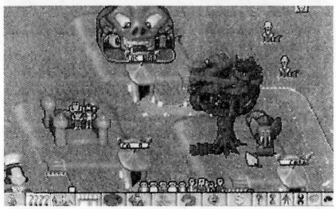

Pesadillas y videojuegos.

20. *Futurología*

¿Cómo es vivir solo? Tal el tema del debate que se desarrollará ordenamente en clase. Para que la discusión no sea un caos y nadie entienda nada habrá que designar previamente un coordinador —si no es el docente, mejor— que haga una lista de oradores y conceda la palabra. También se designará a un secretario de actas (puede ser más de uno) que tomará nota y ofrecerá a la clase siguiente un resumen de los principales puntos de vista al respecto. Este informe final también será debatido y aprobado por el conjunto.

BIBLIOGRAFÍA GENERAL

Bajtín, Mijail, "La palabra en la novela", en *Teoría y estética de la novela*. Madrid, Taurus, 1989, pp. 77-236.

Bajtín, Mijail, "La novela de educación y su importancia en la historia del realismo", en *Estética de la creación verbal*. México, Siglo XXI, 1982, pp. 200-247 y 248-293.

Barthes, Roland, "La escritura de la novela", en *El grado cero de la escritura*. México, Siglo XXI, 1973, pp. 35-45.

Bourdieu, Pierre, "La juventud no es más que una palabra", en *Sociología y cultura*. México, Grijalbo, 1990, pp. 163-174.

Reisz de Rivarola, Susana, "La literatura como mímesis. Apuntes sobre la historia de un malentendido", en *Teoría y análisis del texto literario*. Buenos Aires, Hachette, 1989, pp. 65-78.

Rest, Jaime, "Diario", en *Conceptos de literatura moderna*, Buenos Aires. Centro Editor de América Latina, 1979, pp. 46-47.

ÍNDICE

Impreso en
A.B.R.N. Producciones Gráficas S.R.L.,
Wenceslao Villafañe 458,
Buenos Aires, Argentina,
en enero de 1997

CPSIA information can be obtained at www.ICGtesting.com
Printed in the USA
LVOW05s0035040913

350748LV00001B/20/A